彼女がバイクをまたいだら

◆◆◆

葉月奏太
Souta Hazuki

紅文庫

目次

彼女がバイクをまたいだら

第一章　出会いは突然に

1

武藤拓真《むとうたくま》はアルバイトを終えると、アパートの近くにあるアーケード商店街に立ち寄った。

時刻は午後六時をまわったところだ。

茜色《あかねいろ》に染まっていた空が、どんどん闇に呑《の》みこまれていく。巣に帰るところなのか、遠くの山をバックにカラスが数羽飛んでいる。意味もなく物悲しくなる時間帯だった。

積もっていた雪もほとんど溶けたとはいえ、四月の札幌《さっぽろ》はまだまだ寒い。バイクで走ると、あっという間に体が芯《しん》まで冷えきった。それでもバイク乗りにとっては、待ちに待った季節だ。冬の間、しんしんと降る雪を眺めながら、春が待ち遠しくて仕方なかった。

ところが、拓真の気分は地の底まで落ちていた。

じつは先週、恋人にフラれたのだ。春になったらバイクの後ろに乗せてツーリングに行くつもりだったが、計画はすべて無駄になってしまった。

新学期の初日に喧嘩《けんか》をした。

喧嘩といっても彼女が一方的に怒っていただけなのだが、拓真はあまりの剣幕になにも言い返せなかった。

大場麻里《おおばまり》はひとつ年下の二十歳で大学三年生だ。物静かでかわいらしい彼女があれほど怒るのだから、よほど鬱憤《うっぷん》がたまっていたのだろう。だが、拓真にも言い分はあった。

「クソッ……」

苛立《いらだ》ちが思わず声になって出てしまう。すると、たまたま近くを歩いていたカップルが訝《いぶか》しげな目を向けてきた。

(なに見てるんだよ)

よけいに腹が立ってくる。喧嘩になっても構わないと思い、不機嫌さを隠すことなくにらみ返した。

行きつけのラーメン屋は狸小路商店街《たぬきこうじしょうてんがい》のはずれにあった。観光客が比較的少ない場所で、この店も地元の人たちが行く穴場だ。赤い暖簾《のれん》を潜《くぐ》り、引き戸を開けて店内に足を踏み入れた。

　カウンターだけの狭い店で、いつ来ても混んでいる。今日も八席あるうちの七席が埋まっていた。

　空いているのは一番奥の席だ。座っている客と壁の間を、横歩きしながら進んでいく。ところが、途中にシルバーのキャリーケースが置いてあり、行く手を阻んでいた。

（こんなもの持ちこむなよ）

　腹のなかでつぶやき、思わず舌打ちをする。その音が聞こえたのか、座っていた女性が振り返った。

「あら、ごめんなさい」

　まったく悪いと思っていない軽い口調だ。

　ダークグレーのスーツに身を包み、セミロングの黒髪が肩を撫《な》でている。年のころは三十代前半だろうか。切れ長の瞳が勝ち気そうな、いかにもキャリアウーマンといった感じの女性だった。

　その女が座っているのは奥からひとつ手前の席だ。彼女がキャリーケースをずらしたので、拓真はなんとか通り抜けることができた。

決まっていた。

「醤油《しょうゆ》ラーメンにバクダン」

席につくなり、メニューを見ずに注文する。拓真がこの店で頼むものはいつも
「地元の方ですか」

隣の女が声をかけてくる。

おそらく注文の仕方でわかったのだろう。だが、拓真は人と会話をする気分ではない。恋人にフラれたばかりでやさぐれていたし、先ほどのキャリーケースの件で苛々していた。

「ええ、まあ……」

わざとぶっきらぼうに答えた。

これ以上、話しかけられないように不機嫌さを前面に出したつもりだ。ところが、彼女は会話をやめようとしなかった。

「バクダンってなんですか」

「そこに書いてあるだろ」

カウンターに置いてあるメニューを指差した。

バクダンとは、挽肉《ひきにく》に唐辛子などをまぜたこの店独自のトッピングで、ほぐし

ながら食べるとラーメンの味を変えて楽しむことができるのだ。

「へえ、塩にも合うかしら」

彼女の前にはすでに塩ラーメンが置いてあった。

「なんにでも合うよ」

「ふうん……」

人に聞いておきながら注文するわけではない。そんな態度がまた拓真の神経を逆撫でした。

「ここ、味噌《みそ》ラーメンがないのね」

独りごとのようなつぶやきだった。

「北海道って言ったら味噌ラーメンかと思ってたんだけど」

どうやら札幌の人ではないらしい。キャリーケースを持っているので、道外から出張で来たのかもしれなかった。

「はい、お待ちどおさま」

拓真の醬油ラーメンが出てきた。チャーシューの上にバクダンが載っているが、隣の女はチラリと見ただけでなにも言わなかった。

ラーメンを食べながら、なんとなく気になって横目で観察する。

　顔立ちは整っているが、とにかく目力が強くて、いかにも仕事ができそうな雰囲気だ。自分にも他人にも厳しいに違いない。こんな女が上司だったら、部下は気疲れして大変だろう。

（なんか苦手だな……）

　別れた恋人とは正反対のタイプだ。癒《い》やし系が好みで、こういう自己主張が強そうな女は苦手だった。

「お仕事はなにをなさってるの」

　女がまたしても話しかけてくる。

だが、本気で社会人とは思っていないだろう。拓真の髪はボサボサだし、ジーパンにバイク用の黒いブルゾンというラフな格好だった。

「学生……」

　隣を見ずにつぶやいた。会話をひろげるつもりはないので、そのままラーメンを食べつづけた。

「学生なんだ……ねえ、札幌のこと教えてくれないかしら」

　予想外の言葉だった。思わず顔をあげると、彼女はすでにラーメンを食べ終えて身体をこちらに向けていた。

「お姉さんは出張中なんでしょ。観光してる時間なんてないんじゃないの」

とっさに内心身構える。からかわれているのだろうか。警戒するあまり、つい口調が刺々《とげとげ》しくなった。

「仕事じゃないの……思いつきでフラッと来たのよ」

なにやら含みのある言い方だ。ワケありだろうか。なんとなく、かかわると面倒な気がした。

「俺、忙しいんで……」

本当はまったく忙しくない。大学四年で取らなければならない単位はごくわずかだ。アルバイトも辞めることになり、ちょうど今日が最後の日だった。

「そうなの。残念」

彼女は心のこもっていない感じでつぶやいた。そして代金を払うと、キャリーケースを引いてあっさり店から出ていった。

もう二度と会うことはないだろう。このときはそう思っていた。

数分後、拓真はラーメン屋を出て、商店街の入口に停《と》めておいたバイクのもとに戻った。

するとトレンチコートを着た女が、拓真のバイクの前に立っていた。メーターやタンクのあたりをのぞきこんでいる。触れてはいないが、それでもジロジロ見られているだけで不愉快だ。

思わず顔をしかめた。

バイクを停めておくと、いたずらされることが多い。ミラーの角度を変えられたり、シートの上に空き缶やゴミが置かれていたこともある。知らない男が勝手にまたがっていたときは、怒りにまかせて危うく殴るところだった。

「おい……」

女の背中に声をかける。もし指一本でも触れていたら、女であろうと肩をつかんでバイクから引き剝《は》がしていたところだ。

「俺のバイクになんか用でもあるのか」

トレンチコートの女がゆっくり振り返る。そして、拓真と目があった瞬間、顔をほころばせた。

「このバイク、キミのだったんだ」

先ほどラーメン屋にいた女だ。トレンチコートを羽織っていたので、すぐにはわからなかった。今になって、かたわらにシルバーのキャリーケースが置いてあることに気がついた。

（どうして、この女が……）

なにかいやな予感がした。

拓真のバイクだと知っていて、つきまとっているのではないか。一瞬そう思ったが、初対面の彼女にそんなことがわかるはずもない。拓真はバイクに乗っていることすら話していなかった。

「カッコいいね」

彼女がぽつりとつぶやいた。

つくづくバイク乗りとは単純な生き物だと思う。自分のバイクを褒められると悪い気はしなかった。

「これ、ハーレーって言うんでしょ」

彼女はオレンジ色のタンクを見つめている。バイクに詳しいわけではなく、タンクに書いてあるロゴを読んだのだろう。

「ああ……」

拓真はホルダーからヘルメットをはずしながら短く答えた。

ハーレーダビッドソンＸＬ８８３Ｒスポーツスター。大学一年のときから乗っており、もうこのバイクのない生活など考えられなかった。

「ハーレーって高いんじゃないの」

「まあね……でも、こいつは知り合いから安く譲ってもらったんだ」

確かに学生が乗るには高価なバイクだ。昔からの知り合いなので特別に安くしてもらえたが、そうでなければ買えなかった。

「いいわね。バイクって気持ちいいんでしょう」

「どうかな……そんなの人によるだろ」

「キミはどう思うの」

初対面なのにグイグイ聞いてくる。押しが強くて苦手なタイプだが、バイクのことになると無視できなかった。

「最高だよ。北海道なら車でまわるより、絶対にバイクのほうがいいね」

あくまでも個人的な見解だが、拓真は自信を持って断言した。

「絶対とか言っちゃうんだ」

「ああ、絶対だ」

挑発的な言い方をされて、ついむきになってしまう。すると、彼女はふっと笑みを浮かべた。

「いいじゃない。嫌いじゃないわ。そこまで言うなら後ろに乗せてよ」

たまにこういうずうずうしい女がいる。バイクは最高の乗り物だが、ときとして命を脅かす危険をはらんでいることを知らないのだ。

「ダメだね」

「どうしてよ」

「車と違って、ちょっとした事故で死ぬこともあるんだ。見ず知らずの人を乗せるわけにはいかないね」

そう言いながら、別れた恋人のことを思い出した。

麻里とは何度もタンデムをしている。もしなにかあっても、責任を取るつもりだったから乗せることができたのだ。

「わたしは三島奈緒《みしまなお》」

突然、女が名乗った。拓真が唖然《あぜん》としていると、彼女はさらに三十三歳の独身だとつけ加えた。

「知り合いなら乗せてくれるんでしょ」

「なに言ってんだ。名前を聞いただけで、そんなのダメだよ」

「へえ、意外に頑固なのね。わたしが名乗ったんだから、キミも名前くらい教えなさいよ」

強引な女だ。彼女のペースになっているのはおもしろくないが、仕方なく名前だけは教えることにした。

「拓真ね」

いきなり呼び捨てとはなれなれしい。だが、いちいち言う気もしない。どうせ今だけで二度と会わないのだから関係なかった。

「ちょっとだけでいいのよ。後ろに乗せてくれないかな」

「だからダメだって言ってるだろ」

名前を知ったからといって、乗せるわけにはいかない。なにかあったとき、相手の人生を背負えるのかどうかの問題だ。

「残念……」

ようやく諦《あきら》めたのか、奈緒はラーメン屋から出ていくときと同じ台詞《せりふ》をつぶやいた。ところが、これで立ち去るわけではなかった。

「じゃあ、これから飲みに行かない。せめてバイクの話を聞かせてよ」

「はあ……」

「札幌のことも教えてほしいのよね。ご馳走《ちそう》するから」

からかっているわけではないらしい。奈緒の目は真剣だった。

しかし、初対面のこの女を信用していいのだろうか。もしかしたら、美人局《つつもたせ》というやつではないか。急に柄の悪い男たちに取り囲まれるのかもしれない。思わず周囲を見まわすが、怪しい男の影は見当たらなかった。

「疑ってるでしょ。男なんていないわよ。どこでもいいから、拓真の知ってるお店に案内してよ」

嘘《うそ》を言っているようには見えない。それどころか、なにか困っているような印象さえ受けた。

「本当に驕《おご》ってくれるのかよ」

「ええ、いくら飲み食いしてもいいわよ」

それは魅力だった。酒でも飲んで鬱憤を晴らしたい気分だ。失恋のショックを引きずっており、胸がもやもやしたままだった。

「じゃあ、バイクをアパートに置いてくる」

「わたしはどこで待っていればいいの」

「この商店街をまっすぐ歩いていきなよ」

拓真はアーケード商店街の東側を指差した。

狸小路商店街は東西約九百メートルにわたって伸びており、様々な店が二百軒ほど集まっている。衣料品店、スーパー、コンビニ、パチンコ屋、飲食店までなんでもあって、札幌市民に愛されている場所だ。

「俺はバイクを置いたら、向こうから歩いてくるから」

アパートは商店街の東側にある。反対側から歩いてくれば、どこかで会えるはずだ。

「すっぽかすのはなしよ」

「そんなことしねえよ。そっちこそ、驕るって約束忘れるなよ」

拓真はヘルメットをかぶってグローブを着けた。

バイクにまたがってセルスイッチを押す。キュルルッというセルモーターの音がした直後、空冷Vツインエンジンがドンッと目を覚ます。８８３ＣＣのエンジンが奏でる迫力の鼓動が腹に響いた。

「じゃあ、あとで」

拓真は奈緒に向かって手をあげると、バイクのアクセルを軽くまわした。とたんに野太い排気音が響き渡った。

2

拓真はバイクをアパートに置くと、狸小路商店街に戻ってきた。

東側からアーケードに入り、西に向かって歩いていく。奈緒はこちらに向かっているので、どこかで会えるはずだった。ところが、なかなか出会わない。キャリーケースを引いている彼女を見逃すとは思えなかった。

（どこに行ったんだよ）

すでに中間地点の四丁目を通りすぎている。このままだとバイクを停めていた七丁目まで戻ってしまう。

（もしかして、騙《だま》されてたんじゃ……）

だんだん不安になってくる。

あの女は年下の男をからかって遊んでいただけではないか。今もどこかに隠れて、拓真がキョロキョロしているのを笑って見ているのかもしれない。金を騙し取られたわけではないが、腹立たしいことに変わりはなかった。

六丁目まで来たが、やはりあの女の姿はどこにもない。もう行くだけ無駄だと思って帰ろうとしたときだった。

「ちょっと……」

女の声が聞こえた。

目を凝らすと、七丁目のほうで誰かが手を振っている。トレンチコートを着ているので奈緒だとわかった。拓真が歩いていくと、奈緒はキャリーケースに腰かけた。

「なに休んでるんだよ。全然進んでないじゃないか」

先ほどのラーメン店がすぐそこで、バイクを停めていた場所も見えている。奈緒はほとんど歩いていなかった。

「疲れたんだもの、仕方ないでしょ」

謝る気など微塵《みじん》もなく、勝ち気そうにつぶやいて顎をツンとあげる。

ご馳走するのだから、あなたが迎えに来るのは当たり前といった感じだ。ところが、そんな上から目線の態度とは裏腹に、トレンチコートの襟を立てて小刻みに震えていた。

「拓真が来なかったらどうしようかと思ったわ。やっぱり、札幌は寒いのね」

「とにかく、店に入ろう」

彼女があまりにも寒そうなので、すぐ目の前の居酒屋に入った。

以前、一度だけ来たことのある大衆居酒屋だ。どうせなら高級店に行きたかったが、そんな店を知っているわけでもない。こういう店のほうがリラックスできて自分には合っていた。

テーブル席に案内されて、向かい合わせに腰かける。あらためて顔を見ると、奈緒は都会的な美貌《びぼう》の持ち主だった。

(なんか緊張するな……)

拓真は落ち着かない気分でメニューに視線を落とした。

別れた恋人、麻里とは雰囲気がまったく違う。三十三歳の社会人なので当然といえば当然だが、大人の女性とふたりきりだと思うと緊張した。

「活気があって、いい雰囲気ね」

奈緒は楽しげに店内を見まわしている。彼女は普段から高級店にばかり行っていそうなイメージだった。

カウンター席が八つに、テーブル席が四つあり、奥には座敷席もある。半分ほどの席が埋まっており、適度に騒がしい。ぱっと見た感じ地元の人ばかりで、キャリーケースを持っているのは奈緒だけだった。

「わたしはビールね。食べ物はなにを頼んでもいいわよ」

壁に大量に貼《は》りつけてあるメニューを眺めながら奈緒がつぶやいた。

それならばと、生ビールの中ジョッキをふたつに、刺身の盛り合わせと串焼きの盛り合わせ、さらにホッケの開きとフライドポテトも注文する。頼みすぎかと思って奈緒の顔を確認するが、表情はまったく変わらなかった。

「好きなだけ頼みなさい」

「ずいぶん余裕なんだな」

少しだけ興味が湧《わ》いてきた。

出会ったばかりの大学生を飲みに誘うキャリアウーマンというのは、いったいどういう心境なのだろうか。

「余裕って、お金のこと、それとも気持ちのこと」

奈緒が澄ました顔で聞き返してくる。クールな瞳で見つめられると、それだけで気圧《けお》されそうになった。

「どっちもだよ。奈緒さんは——」

少し迷ったが、思いきって名前で呼んでみる。彼女は拓真のことを呼び捨てにするのだから、これくらいは許されるだろう。

「なにをやってる人なの」

スーツが似合う女性だが、仕事はまったく想像がつかなかった。

「未来を作る仕事……かな」

奈緒はすっと視線をそらして壁のメニューを見ている振りをする。どうやら言いたくないらしい。

「なんだそれ。まあいいや」

はぐらかされてしまったが、深く追求するつもりはなかった。

そこで、ちょうど中ジョッキが運ばれてきた。彼女がどんな仕事をしていようが関係ない。とにかく酒が飲めればそれでよかった。

「一応、乾杯しておこうか。わたしと拓真の出会いに」

「出会いね……」

拒否する理由もないので、ジョッキを軽く合わせてからグイッと飲んだ。

「うまいっ」

タダ酒だと思うと、なおさらうまく感じる。せっかくなので、今日は限界まで飲むつもりだ。注文していた料理もどんどん出てきて、テーブルはあっという間にいっぱいになった。

「それで、奈緒さんはどこから来たのさ」

刺身の盛り合わせをつまみながら話しかける。またはぐらかされるかと思ったが、彼女はあっさり教えてくれた。

「東京よ。昼すぎに出て、夕方についたの」

「へえ、でも仕事じゃないんだよね。そんな格好してるのに」

ダークグレーのスーツを着ているのに出張ではないらしい。かといって、観光という雰囲気でもなかった。

「完全なプライベートよ。この服は……癖みたいなものね」

どこか歯切れの悪い気がする。仕事ばかりしていると、服まで癖になるものなのだろうか。そんなことより、ジャケットを大きく押しあげている乳房のふくらみのほうが気になった。

(結構でかいよな。やっぱり、大人の女は違うな……)

つい別れた恋人と比べてしまう。

白いブラウスがパンパンに張りつめて、今にもボタンが弾《はじ》け飛びそうになっている。その大きなふくらみが、さらにジャケットの襟を内側から左右に押し開いていた。

「拓真は札幌の人じゃないのよね」

「あ、ああ……」

声をかけられて、慌てて視線をそらして返事をする。乳房のふくらみに見惚《みと》れていたことをごまかそうと、ビールをグビリッと喉に流しこんだ。

「俺も東京だよ」

アパートに住んでいることは言ってある。だから、実家が別の場所にあるとわかったのだろう。

「でも、もう実家はないんだ。だから、就職もこっちで決めたんだ」

すでに札幌の小さな商社に就職することが決まっている。就職活動をはじめた時点で、もう東京に戻るつもりはなかった。

「どういうこと」

「まあ、いいじゃん」

詳しいことまで語る気はしない。言葉を濁すと、奈緒はそれ以上聞いてこなかった。これが大学の友人だったら、しつこく尋ねてきただろう。無理に聞き出そうとしないところが、なんとなく心地よかった。

「ビール、飲むでしょ」

ジョッキが空になったのを見て、奈緒が追加注文してくれた。

強気な性格ではあるが、しっかり気を配っている。きっと会社では、かなり仕事のできる女なのだろう。

「俺のバイク、東京から持ってきたんだ」

話題を変えたくて、バイクのことを話しはじめる。すると、奈緒の表情に驚きの色が浮かんだ。

「えっ、東京から運転してきたの」

「そうだよ。関越《かんえつ》を走って、新潟からフェリーに乗ったんだ。朝早く小樽《おたる》について、そこから札幌まではすぐだからね」

バイクを持ってきたのは、大学一年の夏休みのことだった。大型二輪免許は高校を卒業してすぐ取得した。

「車よりバイクが好きだったのね」

「近所に住んでいた五つ年上のお兄さんが、ハーレーに乗ってたんだ。それがカッコよくてさ。俺もいつか乗るんだってずっと思ってた。俺のハーレーはそのお兄さん……貴史《たかし》兄ちゃんに安く譲ってもらったんだ」

最後に貴史と会ったのは、もう一年以上前だ。連絡しなければと思っているうちに、なんとなく時間が経《た》ってしまった。

「まだバイクの金を払い終わってないんだ……」

利子なしの分割払いで譲ってもらったのだが、つい甘えてしまって支払いが遅れていた。バイクに乗っていると、なにかと金がかかる。整備やガソリン代やツーリング代。バイトで稼いだ金はほとんどバイクに注ぎこんでいた。

「バイクって、なんかいいわね」

奈緒はうらやましそうな顔をしている。バリバリのキャリアウーマンという感じなのに、バイクに憧《あこが》れるのだろうか。

「車のほうが楽でいいんじゃないの。バイクは疲れるよ」

「あら、さっきはバイクのほうが絶対にいいって言ってたじゃない」

揚げ足を取るようにすかさず突っこんでくる。先ほどの話をしっかり記憶していた。

「それは北海道をまわるときの話だよ。東京はゴチャゴチャしてるから、バイクだと疲れるだけだね」

「ふうん……」

奈緒はビールを飲みながら、どこか納得がいかない様子で首をかしげた。

「やっぱり乗ってみないとわからないわ。ちょっとでいいから、バイクの後ろに乗せくれない」

「なにかあったときに責任を取れないからダメ」

「保険は入ってるんでしょう。わたしは独身だし、両親ももう亡くなってるから問題ないわ」

「ダメだって。メットもないし」

本当はヘルメットがあっても乗せるつもりはない。奈緒があまりにもしつこいので、なにか断る理由が欲しかっただけだ。結局のところ、恋人以外は乗せたくなかった。

その後もビールを追加して、雑談を交わしながらいい感じで飲み進めた。

札幌の観光地や名物料理など、観光ガイドに載っているようなことを聞いてくるが、あらためて考えるとほとんど答えられなかった。だが、彼女は気を悪くした様子もなく、楽しく飲みつづけていた。

気づくと夜十一時になるところだった。

「奈緒さん、どこに泊まってるの」

もう遅いので、ホテルまで送っていくべきだろう。女性をひとりで帰らせるわけにはいかなかった。

「まだ決まってないの」

「……えっ」

「ホテルが決まっていたら、荷物は部屋に置いてくるに決まってるじゃない」

奈緒はテーブルの横に置いてあるキャリーケースを、手のひらでポンポンと軽くたたいた。

「ホテルを探しながら歩いていたらお腹が空《す》いちゃったのよ。それで、あのラーメン屋さんに入ったの」

彼女の話を聞いて、ようやく状況がわかってきた。

あの狭いラーメン屋にキャリーケースを持ちこんでいたのは、そういう理由があったのだ。初対面なのにやけに話しかけてきたのも、泊まる場所を聞きたかったからではないか。

「そういえば、札幌は外国の観光客が増えて、ホテルが不足してるとか……」

確かテレビのニュースでそんなことを言っていた気がする。うろ覚えだったが話してみると、奈緒が大きくうなずいた。

「ラーメン屋さんに行くまでに三軒も断られたわ」

やはり予約していないと泊まれないらしい。

「そういうわけだから、今夜、拓真のところに泊めてくれないかな」

まるで天気のことでも話すような口ぶりだった。

奈緒はまっすぐ拓真の顔を見つめてくる。どうやら冗談を言っているわけではないようだ。初対面の男の部屋に、本気で泊まるつもりでいる。いったい、なにを考えているのだろうか。

「いや、無理だって……」

「わたしが襲うとでも思ってるの」

からかうように言われてむっとする。子供扱いされている気がして思わず反論した。

「だいたい、なんでホテルを予約してないんだよ」

「思いつきで来たのよ。そういうこともあるでしょ」

奈緒は開き直ったように言うが、社会人が思いつきで北海道に来ることなどあるのだろうか。何日の予定で来たのか知らないが、なにか不自然な気がしてならなかった。

「困ってるんだから、助けてくれてもいいじゃない」

そう言われると断りづらい。とはいえ、初対面の女性が泊まれるような部屋ではなかった。

「俺のところ、ワンルームだし……ネットカフェでも探したほうが……」

「ネットカフェより、拓真の部屋のほうが安全でしょ」

なんの根拠もないが、奈緒の口調はきっぱりしている。勝手に言いきると、返答を迫るように身を乗り出してきた。

「そ、それはまあ、ネットカフェよりは……」

「じゃあ、決まりね」

いつの間にか彼女のペースになってしまった。奈緒は上機嫌で店員を呼ぶと、カードで会計をすませた。

3

「意外ときれいにしてるじゃない」

奈緒は部屋にあがると、さっと見まわして感心したようにうなずいた。

十畳のワンルームでバスルームとトイレは別になっており、エアコンはないが石油ストーブはついている。築三十五年と少々古いが、家賃は二万五千円だ。東京では考えられないが、札幌ではごく普通の物件だ。

壁ぎわにパイプベッドがある。向かいの壁に沿ってカラーボックスを倒して置き、その上に小型のテレビを載せていた。卓袱台《ちゃぶだい》にはカップラーメンの空容器や空き缶が置いてあるが、今日は比較的片づいているほうだった。

「男の子のひとり暮らしって、もっと散らかってるのかと思ったわ」

奈緒はトレンチコートを脱ぐと、断りもせずベッドに腰かけた。ギシッと軋《きし》む音が、妙に生々しく響き渡った。

（なんか、おかしなことになったな……）

拓真は困惑して、部屋の入口に立ちつくしていた。

まさか出会ったばかりの女性を泊めることになるとは思いもしない。とりあえず、お茶でも淹《い》れるべきだろうか。そんなことを考えていると、奈緒が部屋の隅を訝しげにじっと見つめた。

「あるじゃない」

いったいなにを言っているのだろう。釣られて見やると、そこにはヘルメットがふたつ置いてあった。

（しまった……）

ヘルメットがないという理由でタンデムを断ったのだ。まずい物を見られたと思うが、とっさに言いわけが思いつかなかった。

ひとつは拓真がいつも使っている黒いフルフェイスのヘルメットだ。長年使っているうちに細かい傷が増えてしまったが、これはこれでカッコいいと思っている。そして、もうひとつは麻里のために買った、白いジェットタイプのヘルメットだった。

「ヘルメット、ないって言ってたのに」

奈緒の口調は意外にさばさばしている。怒っているわけではないようだ。嫌みのひとつでも言われるかと思ったが、それ以上追及することなく、彼女はすっと立ちあがった。

「シャワー、借りてもいいかな」

深い意味はないとわかっていてもドキリとしてしまう。平静を装うのに、かなりの労力が必要だった。

「いいけど、脱衣所はないよ。俺はあっちを向いてるから……」

拓真は窓のほうを向いて床に座りこんだ。

すると奈緒はキャリーケースから着替えを出して、背後で服を脱ぎはじめる。衣擦《きぬず》れの音が聞こえると、どうしようもなく緊張感が高まった。やがてバスルームのドアが開閉するのがわかり、拓真はようやく息を吐き出した。

（どうなってんだ……）

どうにも気分が落ち着かない。

麻里もつき合っていたころは、ここで何度もシャワーを浴びている。だが、それとは異なる興奮があった。なにしろ、数時間前に出会ったばかりなのだ。しかも、普通に暮らしていたら接点のないキャリアウーマンだった。

湯の弾ける音が聞こえて、のぞきたい衝動がこみあげる。だが、見つかったときのことを考えると行動には移せなかった。

とにかく、彼女の寝床を作らなければならない。卓袱台を脇に寄せると、親が来たとき用の布団をクローゼットから引っ張り出して敷いていく。真新しいシーツをひろげて、毛布とかけ布団をセットした。

ベッドで寝そべっていると、奈緒がバスルームから出てきた。

拓真は慌てて起きあがり、窓のほうに顔を向ける。だが、彼女はそれほど気にしていないようだった。

「すっきりしたわ」

奈緒が声をかけてくる。ショートパンツに白いTシャツを身に着けていた。剝《む》き出しの白い太腿《ふともも》が眩《まぶ》しくて、思わず視線が吸い寄せられる。髪は洗っていないのか濡れていなかった。

「その布団、使いなよ」

緊張をごかまそうとして、ぶっきらぼうな口調になってしまう。すると、奈緒は柔らかい笑みを向けてきた。

「準備してくれたんだ。ありがとう」

礼を言われて急に照れくさくなる。彼女の顔をまともに見ることができずに視線をそらした。

「お、俺もシャワー浴びてくる」

拓真は急いで立ちあがると、逃げるようにバスルームへ向かった。

(普通にしていればいいんだ……)

熱めのシャワーを頭から浴びることで、少し気分が落ち着いてくる。拓真は自分自身に言い聞かせると、バスルームから出て体を拭きはじめた。

すでに奈緒は布団に横たわっている。メールでも打っているのか、なにやら熱心にスマホをいじっていた。チラリと見えた横顔が、やけに深刻そうなのが気になった。

「もう、寝るだろ。電気、消すよ」

遠慮がちに声をかける。すると、奈緒は慌てた様子で作り笑顔を浮かべてうなずいた。

「うん、おやすみ」

その声が淋《さび》しげに聞こえたのは気のせいだろうか。

拓真は照明を豆球に切り替えると、ベッドにあがって横たわった。だが、困ったことにまったく眠くない。奈緒のことが気になって仕方ないが、意識して見ないようにしていた。

奈緒の寝息も聞こえてこない。まだスマホをいじっているのか、ただ単に寝つけないだけなのか、それとも拓真のことが気になって眠れないのか。いずれにせよ、起きているのは確かだった。

(ダメだ、全然眠れない……)

寝なければと思うほど、ますます目が冴《さ》えてしまう。

部屋の空気がいつもと違う。奈緒のように洗練された大人の女性が、すぐ隣で寝ていることが信じられなかった。

どれくらい時間が経ったのだろう。

無理やり目を閉じているうちに、微《かす》かに奈緒の寝息が聞こえてきた。どうやら眠ったらしい。拓真はそっと寝返りを打つと、布団に横たわっている奈緒を見おろした。

豆球のオレンジがかった光が、仰向《あおむ》けになった彼女を照らしている。睫毛《まつげ》をそっと伏せており、確かに眠っているようだった。

別れた恋人にはなかった色気が漂っている。なにしろ、奈緒は三十三歳の成熟した女性だ。ただ寝顔を眺めているだけなのに、かつてない興奮の波が押し寄せてきた。

（もっと、近くで……）

抑えきれない欲望が湧きあがる。

奈緒の整った美貌を間近で見てみたい。起きているときはジロジロ見ることはできないが、寝ている今ならじっくり拝むことができる。しかし、豆球の弱々しい光の下ではよく見えなかった。

（別に、いいよな）

接近しても触れなければ問題はないはずだ。拓真はベッドからゆっくり起きあがると、布団のすぐ横で膝《ひざ》をついた。

胸の鼓動が速くなる。近づけば近づくほど、奈緒の穏やかな寝顔に惹《ひ》きつけられた。物音を立てないように注意しながら前かがみになると、覆いかぶさるようにして奈緒の顔をのぞきこんだ。

（き……きれいだ）

心のなかでそうつぶやくと、全身が熱くなった。

面と向かって女性を褒めたことはない。心では思っていても、口に出すのは照れくさかった。

別れた麻里はかわいらしいタイプだったが、やはり本人に直接かわいいと言ったことはない。もし気持ちをきちんと伝えることができていたら、ふたりの関係はまだつづいていたのだろうか。

奈緒は気持ちよさそうな寝息を立てている。唇がわずかに開いており、静かに息が吐き出されていた。

（どんな匂いがするんだろう……）

ふいに彼女の吐息を嗅《か》いでみたい衝動がこみあげた。

いったん気になると他のことが考えられなくなる。どんな香りがするのか気になって仕方がない。緊張しながら顔をギリギリまで寄せていく。鼻先に吐息がかかり、ほのかに甘い香りが漂ってきた。

（これが奈緒さんの匂い……）

思わずうっとりしながら大きく息を吸いこんだ。

股間がズクリと疼《うず》き、ペニスが芯を通しはじめる。瞬く間に成長して大きくなり、スウェットパンツの前が盛りあがった。

このままキスをしたい欲望にかられる。ぽってりした唇は見るからに柔らかそうだ。むしゃぶりつきたいが、触れることは許されない。その一線を越えるわけにはいかなかった。

（くッ……）

理性の力を総動員して衝動を抑えこむ。なんとか欲望を耐え忍び、顔を少し離したまさにそのときだった。

奈緒が無言のまま目を開いた。

仰向けの状態で、拓真の顔をまっすぐ見つめてくる。視線が重なった瞬間、拓真の心臓はすくみあがった。

（や、やばい……）

覆いかぶさった状態で目を見開き、いっさい身動きできなくなる。必死に言いわけを考えるがなにも思い浮かばない。

「なにをしてるの」

奈緒の声は抑揚がなかった。

まったく驚いている様子はなく、表情も変わらない。怒りを通り越して呆《あき》れているのだろうか。

「ご……ごめん」

やっとのことで謝罪の言葉を絞り出す。触れていないとはいえ、寝顔をのぞきこまれたら不快に決まっている。ところが、奈緒の唇から紡がれたのは意外な言葉だった。

「どうして謝るの」

「そ、それは……」

思わずしどろもどろになってしまう。この状況では謝るしかなかったが、彼女は怒っていないようだった。

「キスされるのかと思ったわ」

「ま、ま、まさか……」

内心を見透かされた気がして動揺する。思わず視線を泳がせると、奈緒が両手を伸ばして拓真の首にまわしてきた。

「えっ……」

そのまま引き寄せられて、いきなり唇を奪われてしまう。肉厚の唇が重なり、ぴったり密着していた。

(な……なんだ、これは……)

なにが起こっているのか理解できない。

とにかく、奈緒に覆いかぶさった状態のところを引き寄せられて、下からキスされているのだ。柔らかい唇がぴったり密着している。それだけではなく、舌が伸びてきて唇の狭間《はざま》にヌルリと入りこんできた。

「うむむっ」

拓真はわけがわからず、慌てて体を起こそうとする。だが、口内を舐《な》めまわされて力が抜けた。

さらに奈緒は布団を剝ぎ取ると、拓真の体を抱きしめてゴロリと転がった。上下が入れ替わって拓真が仰向けになる。奈緒が覆いかぶさり、ディープキスをしている状態だ。舌が深く入りこみ、ヌメヌメと這《は》いまわってきた。

「あふンっ」

奈緒の鼻にかかった声が聞こえている。

歯茎や頬《ほお》の内側をねちっこく舐められて、さらには舌をからめとられて吸いあげられた。

（キ、キス……ど、どうして……）

仰向けの状態で、頬を両手で挟みこまれている。貪《むさぼ》るように口内を舐めまわされて、どうすればいいのかわからない。相変わらず身動きできず、されるがままになっていた。

これまで経験したことのない濃厚なディープキスだ。

麻里とのキスが幼稚に思えてくるほど、舌を強く吸いあげられる。奈緒は唾液をすすり飲むと、反対に唾液をトロトロと流しこんでくる。拓真は反射的に嚥下《えんか》して、いつしか激しいキスに溺《おぼ》れていった。

「ずいぶん、おとなしいじゃない」

奈緒はさんざん口内をしゃぶりまわして、ようやく唇を離した。

まだ覆いかぶさったまま、すぐ目の前に彼女の顔がある。照明は豆球になっているが、至近距離なので表情が確認できた。唇の端を微かに持ちあげて、妖《あや》しげな笑みを浮かべている。瞳はなぜか爛々《らんらん》と輝いていた。

「飲んでるときは、あんなに威勢がよかったのに……もしかして、キス、はじめてだったの」

からかうように尋ねてくる。子供だと思われるのは癪《しゃく》だった。

「ち、違うよ」

むきになって言い返す。すると、奈緒はクスッと笑った。

「そうよね。大学四年生の男の子だもの、とっくにセックスくらい経験してるわよね」

奈緒の唇から「セックス」という直接的な単語が紡がれてドキリとする。「男の子」と言われたのは、やはり子供と思われているようで気になったが、それよりも興奮のほうが大きかった。

（こ、この展開って、まさか……）

奈緒はまだ覆いかぶさった状態で、顔を寄せたまま話している。彼女が言葉を発するたび、甘い吐息が鼻先をかすめていた。

「どうしてキスしなかったの」

「で、できるわけないだろ」

拓真はむっとして言い返す。きっと奈緒は最初から起きていたに違いない。まんまと罠《わな》に嵌《は》められた気がして腹立たしかった。

「ふうん、真面目なんだ。でも、キスしてきたら引っぱたいてたけどね」

奈緒はそう言って微笑を浮かべた。

やはり気の強い女だ。勝手にキスをしていたら、冗談ではなく本当にビンタされていただろう。

「拓真……気に入ったわ」

両手で拓真の頭を抱きしめると、再び唇を重ねてくる。髪のなかに指を差し入れて、舌を深く深く侵入させてきた。

（ああ、また……）

濃厚なディープキスだ。こうして口づけしていると、全身が蕩《とろ》けるような感覚に包まれる。だが、ペニスだけは硬直して、ボクサーブリーフのなかでガチガチに反り返った。

するとと、奈緒はキスをしながら、片方の手で体を撫でまわしてくる。首筋から胸板を通って腹にさがり、さらにはスウェットパンツのふくらみに手のひらを重ねてきた。

4

「うっ……」

拓真は思わず小さな声を漏らした。

布地ごしに勃起したペニスをつかまれて、甘い刺激がひろがっている。そのまゆったりしごかれると、たまらず唇を振りほどいた。

「ちょ、ちょっと……」

とてもではないが黙っていられない。困惑してつぶやくと、奈緒は顔をのぞきこんで口もとに笑みを浮かべた。

「もしかして、怖いの」

挑発的に言われるが、もう反発する余裕はない。なにしろスウェットの上から勃起したペニスをつかまれているのだ。

「そ、そういう問題じゃなくて……ううっ」

ゆるゆるしごかれると、快感がひろがり理性がドロリと溶けていく。経験が豊富なのか、絶妙な力加減で我慢汁が溢《あふ》れ出した。

「こういうことするの久しぶりなのよ」

奈緒はペニスを握ったまま語りかけてくる。彼女も興奮しているのか、少し呼吸が乱れていた。

「ここ何年か仕事ばっかりで、恋愛する暇もなかったの。だから、旅先では羽を伸ばしてもいいかなって……」

「そ、それで、俺を……」

「でも、誤解しないで。誰でもいいってわけじゃないわ。ワンナイトラブでも、やっぱり気に入った相手じゃないとね」

そう言いながら、スウェットパンツのウエスト部分に指をかけてくる。ゆっくり引きさげられていくが、拓真は抗《あらが》うことができなかった。

スウェットパンツが膝までおろされて、ボクサーブリーフにも指がかかってくる。激しく動揺しているのに期待がふくらみ、胸の鼓動が異常なほど速くなっていた。

「な、奈緒さん……」

ボクサーブリーフの前が張りつめているのが恥ずかしい。だが、それをうわまわる興奮が全身に蔓延《まんえん》していた。

「わたしにまかせて」

奈緒の手によりボクサーブリーフがまくりおろされる。とたんに屹立《きつりつ》したペニスが跳ねあがった。

「ああっ、すごい」

ため息まじりのつぶやきが聞こえてくる。奈緒は反り返った肉柱を見つめて、すぐに指を巻きつけてきた。

「うッ……」

ナマで触れられるのは、服の上からとは比べものにならない快感だ。肉胴を直接握られるだけで、亀頭の先端から新たな我慢汁が溢れ出した。

「すごく熱い……それに大きいわ」

奈緒は独りごとのようにつぶやき、ペニスをゆるゆるとしごきはじめる。我慢汁が伝い流れて指を濡らすがやめようとしない。それどころか、ヌメリを利用して指をリズミカルにスライドさせてきた。

「ううッ、そ、そんなにしたら……」

「こんなに硬くして……ああっ」

ペニスに触れることで、彼女も昂《たかぶ》っているらしい。喘《あえ》ぎ声にも似たため息を漏らして、ますます太幹を擦《こす》りあげてきた。

「ちょ、ちょっと待って……くううッ」

早くも射精欲がふくらんでしまう。慌てて彼女の手首をつかんで愛撫を中断させた。

「気持ちいいのね。じゃあ、もっと気持ちいいことしましょうか」

奈緒は膝にからんでいたスウェットパンツとボクサーブリーフを抜き取り、さらに上半身の服を奪ってしまう。これで身に着けているものはなにもない。裸で仰向けになり、股間からペニスを屹立させた状態になった。

「ど、どうして、こんなこと……」

羞恥《しゅうち》にまみれながらも質問する。股間を手で覆い隠そうか迷ったが、それはそれで恥ずかしい。結局、反り返ったペニスは剝き出しにしたまま、奈緒の顔を見あげていた。

「女にだって性欲はあるの……」

囁《ささや》くような声だった。

奈緒はすっと視線をそらすと、腕をクロスさせてTシャツの裾《すそ》をつかんだ。そして、ゆっくりまくりあげて頭から抜き取った。

「おっ……」

次の瞬間、拓真は思わず間抜けな声を漏らした。

Tシャツの下から、たっぷりした乳房が露《あらわ》になったのだ。寝るときはブラジャーを着けないのか、いきなり双《ふた》つのふくらみが剥き出しになった。

下膨れした乳房は、張りがあるのに柔らかそうに揺れている。滑らかな曲線の頂点には、鮮やかな紅色の乳首が載っていた。まだ触れてもいないのにぷっくり隆起しているのは、彼女も興奮している証拠だった。

さらに奈緒は膝立ちの姿勢でショートパンツもおろしていく。股間に張りついているのは白いパンティだ。さすがに恥ずかしそうだが、それでも指をかけるとゆっくり引きさげはじめた。

「あんまり見ないで……」

口ではそう言いつつ、どこか見せつけるような雰囲気がある。焦《じ》らすようにじりじりおろして、やがて恥丘を覆っている陰毛がふわっと溢れ出た。

「おおっ……」

またしても拓真は声を漏らしてしまう。無意識のうちに首を持ちあげて、露になった恥丘を凝視していた。

陰毛は濃いめで、自然な感じで生い茂っている。白い恥丘と黒々とした秘毛のコントラストに惹きつけられた。都会的な美貌のキャリアウーマンが、濃厚な陰毛をさらしている姿が卑猥《ひわい》だった。

「やっぱり、興味があるのね」

「べ、別に……」

指摘されて、はっとする。慌てて否定するが、もう視線をそらすことはできなかった。

奈緒は片足ずつ持ちあげてパンティを抜き取り、豆球の弱々しい光の下で熟れた女体を剥き出しにする。これで彼女が身に着けているものはなにもない。たっぷりした乳房も、しっかりくびれた腰も、むっちり張り出した尻も、すべてが魅惑的に映った。

(す、すごい……)

思わず言葉を失い、食い入るように見つめてしまう。

熟れた女体が、これほどまでに欲情をそそるものだとは知らなかった。頭がクラクラするほどの成熟した色香が漂ってくる。今にして思えば、麻里の身体は瑞々《みずみず》しかったが、まだまだ青い果実といった感じだった。

「拓真……」

奈緒が囁きながら股間にまたがってくる。屹立したペニスの真上で膝立ちの姿勢になり、濡れた瞳で見おろしてきた。

「な、なにを……」

彼女があまりにも積極的で、すっかり気圧されてしまう。どうすればいいのかわからず、とまどった声を漏らすことしかできなかった。

「決まってるでしょう。もしかして、彼女がいるの」

奈緒の言葉が胸に突き刺さる。麻里の顔が脳裏に浮かぶが、小さく首を振って掻《か》き消した。

「今はいないけど……」

口にすることで破局したことを実感する。胸の奥が苦しくなるが、そのうち感じなくなるのだろうか。

「それならいいじゃない。それとも、わたしとじゃいやなの」

奈緒が少しだけ腰を落として、陰唇と亀頭を密着させる。クチュッという湿った音とともに、甘い刺激がひろがった。

「い、いや……じゃない」

すでに先端が数ミリ、女陰の狭間に収まっている。彼女の割れ目を見てみたいが、陰になっていて拝めない。それでも、濡れた感触がはっきり伝わり、欲望が爆発的にふくれあがった。

「な……奈緒さんっ」

「わたしも、欲しくなっちゃった……ンンっ」

奈緒がゆっくり腰を落としこんでくる。陰唇が亀頭に押しつけられて、ぬっぷりはまっていくのがわかった。

「おっ……おおっ……」

亀頭が熱い媚肉に包まれる。女壺に呑みこまれていくほどに蕩けるような感触がひろがり、たまらず呻《うめ》き声が溢れ出した。

「ああッ、お、大きい……」

奈緒は顎を少しあげて、喘ぎ声を漏らしている。さらに腰を落としこんで、野太く成長した男根を膣に収めていく。濡れ襞《ひだ》が亀頭にからみつき、膣口が収縮して太幹を締めつけた。

「くううッ、き、きついっ」

鮮烈な快感が突き抜けて、呻かずにはいられない。

膣襞は驚いたようにうねっているが、彼女は休むことなく、じりじりと尻を下降させてくる。そして、ついにはすべてを呑みこみ、互いの股間がぴったりと密着した。

「あううッ……ふ、深いっ」

奈緒の下腹部が妖しげに波打っている。彼女は自分の臍《へそ》の下あたりに手のひらをあてがって、うっとりした表情を見せた。まるで膣全体でペニスの感触を堪能しているようだった。

（お、俺、セックスしてる……奈緒さんとセックスしてるんだ）

今日、出会ったばかりの女性と深い場所までつながっている。しかも、騎乗位でまたがっているのは、これまで縁のなかった年上の美女だ。

（どうして、こんなことに……）

わけがわからないが、様々な疑問は快感に押し流されていく。今はペニスを包みこんでいる媚肉の感触がすべてだった。

「拓真のすごく立派よ……あああンっ」

奈緒がゆったり腰を振りはじめる。根元までつながったまま、股間を擦りつけるような前後動だ。互いの陰毛同士が擦れ合い、シャリシャリと乾いた音を響かせた。

「ぬおッ……」

膣内に収まったペニスがあらゆる角度から刺激される。全体に膣襞がからみつき、ヌメヌメと這いまわってきた。

奈緒は両手を拓真の腹に置き、ねちっこく腰を振っている。下腹部をうねらせながら、股間だけをしゃくりあげるのだ。そうすることで、膣内のペニスがやさしく刺激された。

「硬いわ、ああンっ、硬い」

うっとりした声でつぶやきながら、奈緒が見おろしてくる。潤んだ瞳で見つめられると、ペニスに受ける快感がより大きなものへと変化した。

「ううッ……な、奈緒さんっ」

女壺は熱くて蕩けるような感触だ。マグマのようにドロドロの媚肉が、男根全体をこねまわしてくる。しかも、見あげればたっぷりした乳房が揺れており、都会的な美貌の奈緒が喘ぎ声を漏らしていた。

(や、やばいっ……)

瞬く間に射精欲がふくらみ、拓真は慌てて奥歯を強く食い縛った。

これまでの女性経験はひとりだけだ。恋人の麻里がはじめての相手で、彼女は処女だった。その後、何度も身体を重ねているが、麻里が恥ずかしがるので正常位以外の体位は試したことがなかった。

「こんなに奥まで……ああンっ」

奈緒はあくまでもスローペースで腰を振っている。まるでペニスの感触を味わうように、決して焦らずゆったり動かしていた。

「き、気持ちいい……うむッ」

ペニスが溶けてしまいそうな感覚に溺れていく。思わず手を伸ばして、奈緒の太腿を撫でまわす。滑らかな肌の感触が、さらに欲望を煽《あお》り立てる。膣に埋《うず》まっているペニスがググッと反り返るのがわかった。

「ああっ、なかで動いたわ」

奈緒が甘い声を漏らして腰をよじる。その動きがペニスを締めあげる結果になり、さらなる愉悦が湧きあがった。

「くうッ……う、動かないで」

つい情けない声が漏れてしまう。快感が大きすぎて、もうカウパー汁がとまらなくなっている。このままだと、あっという間に限界が訪れそうだった。

「気持ちいいのね。でも、もう少しがんばって」

奈緒は目を細めてつぶやくと、両膝を立てて下肢をM字形に開いた卑猥な格好になる。そして、膝の屈伸を使って腰を上下に振りはじめた。

「そ、それ、ちょっと……くおおッ」

鮮烈な快感が股間から脳天に突き抜ける。

ペニスを擦りあげられる悦楽だけではなく、すぐ目の前で成熟した美女が股《また》をひろげて腰を振っているのだ。その刺激的な姿を見ているだけで、射精欲が煽り立てられた。

「ううう、な、奈緒さんっ」

興奮のあまり、頭のなかがまっ赤に染まっていく。無我夢中で両手を伸ばすと、大きな乳房を揉《も》みあげた。

「触りたいのね。いいわ。もっと、触って……ああンっ」

奈緒がため息まじりにつぶやき、腰の動きを少しずつ速める。膝を左右に開いた状態で、はしたなく尻を上下に振りたくった。

柔肉に指を沈みこませて揉みまくり、先端で揺れている乳首をそっと摘まみあげる。人差し指と親指でクニクニと転がせば、女体が小刻みに震えて膣の締まりが強くなった。

「くううッ、こ、これは……」

もう、一刻の猶予もならない。屹立したペニスは愛蜜でコーティングされて、媚肉でやさしく擦られている。蕩けるほど柔らかい媚肉で締めつけられるのがたまらない。

「うううッ、お、俺、もうっ」

震える声で訴える。懸命に耐え忍ぶが、いよいよ最後の瞬間が迫っている。ペニスを擦られる感触も、乳房の柔らかさも、奈緒の艶《つや》っぽい表情も、すべてが牡《おす》の欲望を煽り立てていた。

「おおッ……おおおッ」

射精欲がふくれあがり、今にも爆発しそうになっている。拓真は仰向けの状態で、本能のままに股間を突きあげた。

「あううッ、お、奥っ、奥にっ、あああッ」

奈緒の声音が変化する。艶《なま》めかしい喘ぎ声を振りまき、まるでスイッチが入ったように腰の動きを加速させた。

「ああッ……ああッ……い、いいっ、いいわっ」

ヒップを勢いよくバウンドさせて、女壺でペニスを擦りあげる。尻を打ちつけるときは、亀頭を膣の奥深くまで迎え入れた。

「あうッ、あ、当たるっ、当たるわっ、あああああッ」

「す、すごいっ、くうううッ」

全身の毛穴から汗がどっと噴き出している。拓真は呻き声をまき散らしながら股間をグイグイ突きあげた。

「ああッ、あああッ、拓真っ、あああッ」

奈緒の喘ぎ声が切羽つまってくる。両手を拓真の胸板にずらすと、指先で乳首をいじりまわしてきた。

「くああッ、そ、それっ、おおおおッ」

騎乗位で腰を振りながら、同時に乳首も刺激される。もうわけがわからなくなるほど感じて、獣のような呻き声を振りまいた。

「はああッ、い、いいっ……もう、イキそうっ」

奈緒は顎を跳ねあげて喘ぐと、拓真の乳首を指先で摘まみあげてくる。それと同時にヒップを強く打ちつけて、ペニスを膣の奥深くまで呑みこんだ。

「あああッ、イ、イクッ、イクイクッ、あぁあああああぁッ！」

ついに艶めかしいアクメのよがり泣きが響き渡る。奈緒の熟れた女体が仰《の》け反り、根元まで埋まった肉柱を思いきり締めあげた。

「おおおッ、も、もうダメだっ、おおおッ、ぬおおおおおおおおッ！」

拓真も耐えきれずに欲望を爆発させる。蜜壺の深い場所でペニスが跳ねあがり、沸騰したザーメンをドクドクと注ぎこんだ。

両手で奈緒の尻を抱えこむ。搗《つ》きたての餅《もち》のように柔らかい尻たぶに指を食いこませて、股間を思いきり突きあげる。絶頂の痙攣《けいれん》は長くつづき、これでもかと精液を放出した。

「ああっ……ああっ……」

奈緒は膣奥にひろがるザーメンの感触を味わっているのか、股間をぴったり押しつけて、いつまでも腰をまわしていた。

切れ長の瞳はしっとり潤み、半開きになった唇の端から涎《よだれ》が溢れている。表情は完全に呆《ほう》けており、呼吸もハアハアと乱れていた。スーツの似合うクールな美女が、快楽に溺れてこんな姿をさらすとは驚きだった。

（俺は……いったい、なにを……）

拓真は絶頂の余韻を嚙《か》みしめながら、自己嫌悪に陥っていた。

まだ別れたばかりの恋人を忘れられずにいる。それなのに、奈緒の誘いを断れないばかりか、最後は自ら腰を振っていた。

恋愛対象は同い年か年下の女性だ。しかし、熟れた媚肉がもたらす快楽は強烈で、拓真はなにもできずにただ翻弄《ほんろう》されてしまった。ひとまわり年上の女性とセックスして、肉体が悦びに浸っていたのは事実だ。

（な……奈緒さん……）

凄《すさ》まじい快楽を教えこまれて、全身が痺《しび》れたようになっていた。

これまで経験したことのない疲労と満足感が全身にひろがっている。そっと目を閉じると、意識が闇に吞みこまれていった。

第二章　暮れなずむ運河

1

ふと目が覚めると、カーテンごしに朝の光が差しこんでいた。

しかし、なにか様子がおかしい。周囲を見まわすと、ベッドではなく床に敷いた布団で眠っていた。

（あっ、そうか……）

昨夜の記憶が急激によみがえってくる。

思いがけず出会ったばかりの女性を泊めることになり、誘われるままセックスしてしまった。かつて経験したことのない濃厚な快楽に溺れて、いつの間にか深い眠りに落ちていた。

（奈緒さんは……）

拓真は上半身を起こすと、隣のベッドを見やった。

もしかしたら奈緒が寝ているかもしれない。そう思ったが、ベッドに彼女の姿はなかった。

すべてが夢だったような気がしてくる。

考えてみればおかしな話だ。ラーメン屋で出会った女と酒を飲みに行くことになり、そのまま自分の部屋に泊まらせることになった。そして、さらには身体を重ねて快楽を分かち合ったのだ。

意気投合したのならまだしも、拓真は彼女に好意を抱いたわけではない。おそらく奈緒のほうも同じだろう。拓真のことを生意気な大学生だと思っていたのではないか。

ただ不思議と惹かれるものがあったのは否定できない。決して好みのタイプではなかったが、奈緒のことが妙に気になっていた。しかし、その理由まではわからなかった。

（もう、出ていったのか……）

昨夜はふたりとも酒が入っていた。

目が覚めた瞬間、後悔の念にかられたのではないか。勢いで年下の大学生を誘惑したが、朝になって恥ずかしくなったのかもしれない。そうだとしたら、黙って出ていってもおかしくなかった。

少し淋しい気もしたが、これでよかったとも思う。

奈緒も「ワンナイトラブ」と言っていた。あっさり別れたほうが、きっと後腐れがなくていいのだろう。

(こんなことって、実際にあるんだな……)

拓真は仰向けに寝転がって天井を見あげた。

なにやら夢から覚めたような気分だ。映画のなかに入りこんだようで、なんとも不思議な感じだった。

このまま二度寝しようと思ったとき、ドアの開く音が聞こえてはっとする。仰向けになったまま視線を向けると、バスルームの前に奈緒が立っていた。

「おはよう」

爽《さわ》やかな声で語りかけてくる。奈緒はストライプのフレアスカートに白いブラウスという格好だった。

「えっ……」

慌てて上半身を起こして振り返る。驚きのあまり、かなり素早い動きになっていた。

「失礼ね。幽霊でも見たような顔をして」

奈緒は眉根《まゆね》を寄せるが、本気で怒っているわけではない。唇の端には微かな笑みが浮かんでいた。

「ど、どうして、まだいるんだよ」

そのとき、視界の隅にシルバーのキャリーケースが映った。先ほどは気づかなかったが、クローゼットの前に彼女の荷物が置いたままになっていた。

「あら、一回やった女はポイ捨てってわけ」

からかうような口調になっている。

大人の余裕というやつだろうか。昨夜のことをさらりと口にしながらも、まったく臆《おく》するところがない。それどころか微笑さえ浮かべているのだ。拓真はこの瞬間、悔しいけれど敵《かな》わないことを悟った。

奈緒はゆっくりこちらに歩いてくると、ベッドにそっと腰かけた。

「冗談よ。洗面所を借りていたのよ」

機嫌がいいのか、昨日より柔らかい感じがする。奈緒はどこかやさしげな瞳で見つめてきた。

肌を重ねたことで、彼女のなかでなにかが変わったのかもしれない。拓真自身、少し心が穏やかになっているのを実感していた。恋愛感情とは異なるが、親近感のようなものが芽生えた気がする。

「そんなに慌てて追い出さなくてもいいでしょう」

「お、追い出すつもりなんて……」

動揺のあまり、拓真の声は小さくなってしまう。

彼女が出ていったと勘違いして、少し淋しいと思ったのは事実だ。こうしてまた言葉を交わせるのが本当はうれしかった。

「ちょっと、お願いがあるんだけど」

奈緒はすっと脚を組んで語りかけてくる。口ではお願いと言っているが、例によって謙虚さの欠片《かけら》もない態度だった。

「バイクの後ろに乗せてくれないかな」

昨夜、何度も断ったにもかかわらず、またしても同じことを口にする。しつこいと思ったが、セックスしたことでなんとなく一蹴《いっしゅう》できなかった。

「どうして、そんなに乗りたいんだよ」

別に聞きたくもなかったが、一応尋ねてみる。そのうえで、検討した振りをして断るつもりだった。

「どうしてかしら。自分でもわからないわ」

意外な答えが返ってきた。

なにか調子のいいことを言って、おだててくるのだろうと思った。だが、彼女が口にしたのは予想外の言葉だった。

「惹かれるのよ……どうしようもなく……」

奈緒は遠い目をしてつぶやいた。

脳裏に浮かんでいるのは拓真のバイクなのか、それとも疾走するバイクから眺める北海道の広大な景色なのか。

（もしかして、俺と同じ……）

はじめて貴史のバイクを見たときのことを思い出した。

あれは拓真が中学生のときだった。

ひと目見た瞬間、言葉では説明できない衝撃を受けた。そして、エンジン音を聞いたとき、どうしても乗りたくなった。もちろん自分では運転できないので、後ろに乗せてくれと必死に懇願した。

だが、貴史は頑として乗せてくれなかった。

あのときはケチだと思って腹を立てた。でも、今ならわかる。バイクは危険な乗り物だと認識しているからこそ、軽々しく乗せてくれなかったのだ。だから、拓真も責任を背負える相手、麻里しか乗せたことがなかった。

「バイクって、自由な感じがするのかな……上手く言えないけど」

このときの奈緒はめずらしく素直な感じがした。

「拓真がうらやましい」

なにか胸に抱えこんだものがあるのだろうか。奈緒はひどくつらそうな顔をしていた。

「もし——」

口が勝手に動いてしまう。とめようと思ったが、もう遅かった。

「事故に遭ったらどうするつもりだよ」

挑むような口調になっていた。だが、奈緒は気を悪くした様子もなく、冷静に言葉を返してくる。

「それは、無理に乗せてくれと頼んだわたしの責任だもの。拓真はなにも悪くないわ」

「口ではなんとでも言えるよ」

もちろんタンデムのときは、いっそう安全運転を心がける。だが、絶対ということはなかった。

信号無視の車がぶつかってくるかもしれないし、前を走っている車が急ブレーキを踏むかもしれない。車同士ならかすり傷ですんでも、バイクだと命にかかわることもあるのだ。

「学生のとき、バイクの事故で知り合いが亡くなってるの。だから、危険だってわかっているつもりよ」

重い言葉だった。

それでも奈緒は後ろに乗りたいという。軽いノリだけで言っているわけではなかった。

（そうか、そこまで言うなら……）

彼女の情熱に突き動かされた。

時間ならたっぷりある。拓真は大学四年生で、すでに就職も内定をもらっていた。受けなければならない大学の講義は少ししかなく、そもそも出なくてもなんとかなるものばかりだ。

「でも、そんな格好じゃ無理だね」

拓真はスカート姿の奈緒を見て、わざと吐き捨てるようにつぶやいた。

女性としては洗練されていているが、バイクには向いていない。万が一、転倒したときのために、肌の露出は最小限に抑えるのが基本だ。それにスカートなどのヒラヒラしたものは、車輪やチェーンに巻きこむ危険があるので避けなければならなかった。

「じゃあ、服を用意したら乗せてくれるのね」

にわかに奈緒の声が明るくなる。やはり、どうしても乗りたいらしい。これほどまでに乞《こ》われたら、もう駄目とは言えなかった。

「服を買いに行くから、つき合って」

まだタンデムを許可したわけでもないのに、奈緒はもうすっかりその気になっていた。

「どうして、俺が……」

「いいじゃない。わたしひとりじゃわからないもの」

奈緒に急《せ》き立てられて、いっしょに服を買いに行くことになった。

ふたりは狸小路商店街にくり出した。たいていの物はここでそろう。奈緒は拓真にアドバイスを求めながら、買い物を楽しんでいるようだった。

なにからなにまでそろえたので結構な金額だ。だが、彼女は躊躇《ちゅうちょ》することなくクレジットカードで支払った。きっと会社ではそれなりの立場なのだろう。自分とは住んでいる世界が違う気がした。

アパートに戻ると、奈緒はさっそく購入した服を身に着けた。タイトなジーパンに黒革製のライダースジャケット。それに黒いエンジニアブーツだ。

顔立ちが整っていてスタイルも抜群なので、ハードな服も似合っていた。まるで昔からバイクに乗っているように見える。しかもジーパンとライダースジャケットは身体にフィットするデザインだ。女体の曲線が露になっており、ハードなのにセクシーだった。

「どうかな」

奈緒は腰に手を当てて尋ねてくる。見惚れていたことに気づき、拓真は慌てて視線をそらした。

「い、いいんじゃない……」

眩しすぎてまっすぐ見ることができなかった。

これほど美しい女性とセックスしたことが信じられない。昨夜のことを回想するだけで、股間がズクリと甘く疼いた。

「は、腹、減ったよね……カップラーメンしかないけど」

「喫茶店があったじゃない。あそこに行きましょう。ご馳走するから」

どうやらカップラーメンはお好みではないらしい。できる女は食事にもこだわるのだろう。

「いいけど、自分で払うよ」

「お金、ないんでしょ。わたしのわがままにつき合ってもらうんだから、それくらい払わせて」

奈緒がご機嫌な様子でウインクしてくる。拓真は勢いに押されて、ついうなずいてしまった。

近所の喫茶店に向かうと軽く食事をした。そして行き先を相談して、日帰りできる場所ということで小樽に決定した。

2

「いい……」

奈緒の声が微かに聞こえた。

赤信号で停車したときのことだ。彼女は拓真の腹にまわした手でポンポンと合図すると、なにかを語りかけてきた。

ふたりともヘルメットをかぶっており、そのうえバイクのエンジン音が響いているので、声が掻き消されてしまう。なにを言っているのかわからず、拓真は大声で「なに」と聞き返した。

「気持ちいいっ」

再び奈緒が声をかけてくる。今度ははっきり聞こえた。それが性的な声を連想させて、拓真は昨夜のことを思い出した。

振り返ると、奈緒がヘルメットのシールドごしに微笑《ほほえ》みかけてくる。その笑顔が眩しくてドキリとした。

今、奈緒がかぶっているジェットタイプのヘルメットは、もとはといえば麻里のために購入したものだ。実際、何度も麻里がかぶっているが、まさか別の女性に貸す日が来るとは思いもしなかった。

「まだまだ、こんなもんじゃないよ」

気持ちを引きしめて返答する。実際、バイクの本当の気持ちよさはこんなものではない。まだアパートから数分しか走っていないのだ。そのとき、前方の信号が青に変わった。

「しっかり、つかまって」

声をかけると、腹にまわされた奈緒の手に力がこもる。それを確認してから、アクセルをグッとひねった。

スポーツスターの重いエンジン音が札幌の街に轟《とどろ》いた。

早く奈緒をもっと気持ちのいい場所に連れていきたい。バイクは危険な乗り物だが、最高の乗り物でもある。街中をちまちま走っているのでは、バイクの本当のよさはわからなかった。

車の多い街を抜けると、札樽自動車道の高架を潜って国道5号線に入る。すると、とたんに車の流れがスムーズになった。

そのまま道なりに走っていけば、左手に手稲山《ていねやま》が見えてくる。さらに進んでいくと、だんだん建物が減り、やがて右手に海が現れた。ここまで来れば小樽はもうすぐそこだ。

走り慣れたルートだった。

この道をすっ飛ばして、海の見える瞬間が最高に気持ちいい。だが、タンデムシートに乗っているのは麻里ではない。違う女性が座り、拓真の腰にしがみついていた。

複雑な心境になってしまうが、奈緒は喜んでいるようだ。赤信号で停まるたび、興奮した様子で「気持ちいい」を連発した。

一時間半ほどで小樽市街に差しかかる。観光地だけあって、さすがに車が増えてきた。

せっかくなので奈緒をいろいろ案内するつもりだった。

まずは旭展望台《あさひてんぼうだい》に向かってバイクを走らせる。急な坂をあがったところにあり、小樽の街と港が一望できるスポットだ。以前はそれほど知られていない場所だったが、最近は観光客が増えてきた。

でも、まだ午後三時すぎだ。夜景の時間には早いので、それほど混んでいないと踏んでいた。

(よし、空いてるな)

やはり駐車場には車が一台も停まっていない。拓真はバイクを停めると、奈緒といっしょに展望台に向かった。

夜景ではないが、天気がいいのでなかなかの見晴らしだ。ところが、奈緒の反応は薄かった。

「ふうん、これが小樽……意外と普通の街なのね」

どこかつまらなそうにつぶやいた。

奈緒はぼんやり小樽の街を眺めている。確かにそう言われてみれば、海こそ見えるが、雑居ビルやマンションやホテルが建ち並ぶ景色は、ありきたりのような気もしてくる。

それにしても様子がおかしい。バイクに乗っているときは、あれほど楽しそうだったのに、明らかにテンションがさがっていた。

（もしかして……）

あまりにも人がいないので、下心があると勘違いされたのではないか。奈緒とふたりきりになるために、ここに連れてきたわけではない。いやな予感がこみあげて、拓真はすぐに踵《きびす》を返した。

「別のところに行こう」

「えっ、もう……」

奈緒は驚いた様子だが、拓真は立ちどまることなく駐車場に戻った。

しかし、どこに連れていけば喜ぶのかわからない。やはり定番のコースをまわったほうがいいのだろうか。

悩んだすえ、小樽運河に向かった。

ここが小樽で一番の観光地だ。平日でも多くの観光客が行き来しており、そこら中で記念撮影をしていた。

バイクを停めて運河沿いの散策路を歩いてみる。

小樽運河は倉庫の近くまで直接行けるように建設された水路で、大正十二年に作られたという。水路に沿って赤レンガの倉庫が建ち並んでいる景色はノスタルジックで、歴史の重みを感じることができる。夜になればガス灯で水路が照らされるのも美しい。

だが、拓真は倉庫が夕日で照らされる時間帯が好きだった。

赤レンガが黄金色に照らし出されるのだ。時間にしてわずか三十分ほどしかないが、だからこそ価値があるように思えてならない。あの燃えるような輝きを見ていると、なぜか物悲しい気分になり郷愁を誘われた。

まったく似ていないのに、なぜかなくなってしまった実家を思い出す。胸に訴えかけてくるような景色だった。

ところが、奈緒の心には響いていないようだ。先ほどからひと言もしゃべることなく、うつむき加減に歩いていた。

「ちょっと、休もうか」

もしかしたらバイクに乗って疲れたのかもしれない。

車とは異なり、振動や風圧で思った以上に体力が奪われる。彼女は慣れていないので、かなり消耗しているのかもしれない。奈緒をうながして、小樽運河の橋に設置されているベンチに並んで腰かけた。

隣をチラリと見やるが、やはり彼女の表情は冴えなかった。

バイクに乗っているときは楽しそうだったのに、いったいどうしたというのだろう。疲れたというより、落ちこんでいるように見える。なにか心配ごとでもあるのだろうか。

「俺、喉が乾いたから、なんか飲み物を買ってくるよ」

別に気を使っているわけではない。自分が飲みたくなっただけだ。拓真は近くの自動販売機で缶コーヒーとウーロン茶を買って戻ってきた。

「どっちがいい」

「ありがとう」

ようやく奈緒が口を開いて、拓真の手からウーロン茶を受け取った。

黙ってコーヒーを飲んでいるうちに、少しずつ日が傾いてくる。倉庫群に夕日が当たりはじめて、いい感じになってきた。

拓真は横目でそっと隣を見やった。

奈緒もウーロン茶を飲みながら、ぼんやり倉庫を眺めている。鼻筋がすっととおって知的なのに、瞳は淋しげに潤んでいた。勝ち気な彼女のどこか弱々しい表情が気になった。

「ところで――」

拓真はさりげなさを装って切り出した。

「今日はどうするの」

断りきれずタンデムで小樽まで来たが、奈緒が今夜どこに泊まるのか聞いていなかった。

「どうして、そんなこと聞くの……」

なぜか責めるような言い方になっている。拓真は自分が悪いことを尋ねた気になり、思わず黙りこんだ。

(また、俺のとこに泊まる気かよ)

おそらくそういうことだろう。

別に構わないが、当たり前のように思われるのも違う気がする。それでいながら、少し距離が縮まった気がしてうれしかった。

「夕日が当たるといい感じだろ」

拓真は目の前の倉庫を見てつぶやいた。

「なんか、東京を思い出しちゃって……」

奈緒の唇から紡がれたのは予想外の言葉だった。

小樽運河のどこが東京に似ているのだろう。そう思った直後、先ほど展望台で彼女がつぶやいた言葉がよみがえった。

——意外と普通の街なのね。

おそらく奈緒の瞳に小樽運河は映っていない。展望台から眺めた街の景色が頭に残っているのだろう。なにか深いわけがあるのかもしれなかった。

「東京から逃げてきたの……」

奈緒がぽつりぽつりと語りはじめた。

「仕事だけが生き甲斐《がい》だった。男性社会だとわかっていたけど……いえ、わかっていたからこそ負けたくなくて、人一倍努力してきたわ」

彼女の声は抑揚がなく淡々としている。まるで無理をして感情を抑えこんでいるようだった。

「去年の春、課長に昇進したの。理由はどうあれ、チャンスだと思った」

奈緒の声が少し力んだ。

男女平等が叫ばれていたため、会社は女性管理職を誕生させる必要にかられていた。そういった理由もあり、奈緒は当時三十二歳という若さで、しかも女性でありながら課長に抜擢《ばってき》されたのだ。

そして、同時に入社二年目の平岡晃司《ひらおかこうじ》が部下として配属された。晃司は社長の甥《おい》っ子で、しかもコネ入社というのは全社員が知っている。正直お荷物だったが、無下に扱うわけにもいかない。仕方なく部長に言われるまま、ある重要な仕事を彼にまかせていた。

ところが、強引なやり方をしたので、他の社員たちがいる前で叱責《しっせき》した。それが問題になった。晃司は伯父である社長に訴えたのだ。名誉毀損だと騒ぎ立てて弁護士に相談するつもりだと言い出した。

「ばかばかしいと思って相手にもしなかった。そんなことより、彼がやったことの尻拭《しりぬぐ》いが大変だったの」

放っておけば、そのうち収束するだろう。そう思っていたが、事態は収束するどころか、意外な方向に進んでいった。

部長から「彼に謝罪してくれ」と頼まれた。「社長の手前、なんとか俺の顔を立ててくれないか」と懇願されたときは心底がっかりした。
「冗談じゃないと思ったわ」
甘ったれた若造に頭をさげるつもりなどない。会社のためにも、晃司のために
もならない。なにより、これまで努力に努力を重ねてきた自分のプライドが許さ
なかった。
頭をさげるのは自分ではなく晃司のほうだ。そう思って、有給休暇の申請を部
長にメールで送りつけた。大きなプロジェクトをまかされていたが、とてもでは
ないが仕事に集中できない。自分の意志を示すためにも、強引に休むことを選択
した。
「有休なんて使ったことないから、しばらく休めるの」
そういう経緯で休暇を取り、思いつきで札幌にやってきたという。
とはいえ、会社から急に電話があるかもしれない。そのときは羽田空港《はねだくうこう》からで
もすぐ出社できるようにスーツで出かけた。ところが、誰からも連絡がなかった
ため、ホテルも予約しないまま札幌にやってきた。
（そうか、それで……）
少しずつ彼女のことがわかってきた気がする。

プライベートにもかかわらず、スーツを着ていた理由がこれでわかった。カリカリしていたのは仕事のことで苛ついていたからだ。寝るときにスマホをいじっていたのも、もしかしたら会社から連絡があるのではと気にしていたのかもしれない。

「そのうち泣きついてくるわ。わたしがいないと進まない案件がいくつもあるのよ」

小樽運河の前でそうつぶやく奈緒は、少しだけ強がっているように見えた。

「よくわからないけど……」

こういうとき、どんな言葉をかければいいのだろう。

きっと奈緒は落ちこんでいる。弱い自分を見せたくなくて、今も必死に強がっている。そんな気がしてならなかった。

「たまにはゆっくりしてもいいんじゃないかな。せっかく北海道まで来たんだし、俺でよかったらつき合うからさ」

自分でもなにを言っているのかよくわからない。そんな言葉で彼女を元気づけられるとも思わなかった。実際、奈緒はきょとんとした顔で、拓真のことを見つめていた。

「なんてね……は、ははっ」

乾いた笑いでごまかそうとすると、奈緒はふっと力が抜けたように微笑んだ。

「へえ、意外とやさしいんだ」

褒められたのだろうか。急に恥ずかしくなり、顔が燃えるように熱くなるのを自覚する。拓真は慌てて視線をそらすと、そっぽを向いた。

「拓真のことも教えてよ」

奈緒が夕日に照らされた倉庫を眺めながら話しかけてくる。

「なんかあったんでしょ」

できる女は洞察力も優れているのだろうか。拓真が苛ついていたのには、なにか理由があると気づいていた。

「俺のなんて、たいしたことないよ。彼女と別れただけだから」

フラれたとは言わなかった。自分でも小さいと思うが、それが拓真のプライドだった。

「失恋したのね」

意外なことに奈緒は深刻そうな顔をした。仕事の大変な話のあとなので、てっきり笑い飛ばされると思った。

「いつ別れたの」

「先週……」

「よかったら、話してみない」

奈緒の穏やかな声が心地よかったのか、夕日に照らされた小樽運河の景色が拓真の心を溶かしていたのか。おそらく、その両方だろう。なんとなく、話す気分になっていた。

「来月、彼女の誕生日だったんだ」

拓真は不思議と落ち着いた気持ちで語りはじめた。

来月は麻里の二十一歳の誕生日だった。プレゼントを買うつもりで、拓真は彼女に内緒でアルバイトをしていた。パン工場のライン作業だ。彼女を喜ばせたくて、かなりの時間をアルバイトに費やしていた。

ところが、ある日突然、別れを切り出されたのだ。拓真がバイクで出かけていくのを見て、ほったらかしにされていると感じたらしい。アルバイトのことは秘密にしていたので、遊びに行っていると勘違いしていたのだ。

「俺も、そこで説明すればよかったんだけど」

内緒でプレゼントを用意する計画だったので、隠そうとしてなおさらおかしなことになってしまった。麻里はそんな拓真の態度に不信感を抱き、別れると言い出したのだ。

仲直りしようと何度かメールを送ったが、返信はなかった。そうなると拓真も腹が立ってきて、話はどんどんこじれてしまう。結局、修復は不可能な状態になってしまった。

「そんなことがあったの……大変なときに、ごめんなさい」

奈緒がぽつりとつぶやいた。

まさか強気な彼女が謝ってくるとは思いもしない。拓真のほうが申しわけない気持ちになってしまった。

「い、いや、別に……もう、終わったことだから」

本当は未練がある。だが、奈緒の前でそれを言うのはカッコ悪い。つい本心を隠して強がってしまった。

奈緒はそれ以上追及することなく、拓真から視線をそらした。

「小樽って、想像していたより都会なのね」

どこか残念そうな声だった。

彼女の瞳は小樽運河ではなく、道路を挟んだ向こうに建っているマンションに向いていた。

もしかしたら、自然に触れたくて北海道に来たのかもしれない。奈緒は都会で気を張りつづけて疲弊しているのだろう。無意識のうちに癒《いや》しを求めるというのは、いかにもありそうな話だった。

ガス灯が点《つ》いて、柔らかい光が散策路を照らし出す。これで日が完全に落ちれば、さらにいい雰囲気になるのを知っている。だが、拓真は見届けることなく立ちあがった。

「帰ろうか」

声をかけると、奈緒も無言ですっと腰を浮かせる。そして、拓真に寄り添って歩きはじめた。

3

タンデムで国道5号線を札幌に向かって走っていく。

順調にいけば一時間半ほどでアパートにたどり着くはずだ。しかし、その時間がもどかしかった。

もう、アパートまで我慢できない。

拓真はルートをはずれて国道337号線に入ると、銭函《ぜにばこ》方面へとバイクを走らせた。こちらに向かえばラブホテルがあることを知っている。いつか麻里と行くつもりでいたが、実現することはなかった。

確認したわけではないが、きっと奈緒も同じ気持ちだと思う。腹にまわされた手に力がこもっている。小樽に向かうときは遠慮があったが、今は強くしっかり抱きついていた。

胸に抱えこんでいたものを、互いに吐露したせいだろうか。同士になれたというか、心の距離が近くなった気がする。今は奈緒とふたりきりになりたくて仕方なかった。

ラブホテルの駐車場に入ると、バイクを停車させる。

奈緒はなにも質問してこなかった。バイクを降りてヘルメットを取り、潤んだ瞳で見つめてきた。拓真も熱い眼差《まなざ》しを返せば、ふたりの心は通じ合った。

部屋に入るなり、拓真は無言で奈緒を抱きしめた。

ライダースジャケットの背中に手をまわせば、彼女も拓真の背中に手をまわしてくれる。ブルゾンの上から強く抱き寄せられると、懸命に押さえつけていた欲望が一気にふくれあがった。

すでに硬くなっている、ジーパンの股間を奈緒の下腹部に擦りつける。彼女は驚いたように身体をこわばらせるが、それは一瞬だけだった。

「もう、こんなに……」

奈緒はすぐに力を抜いて、自ら下腹部を密着させてくる。グリグリ刺激されると、甘い刺激が股間から全身へとひろがった。

間接照明の柔らかい光が、部屋の中央に設置されたダブルベッドを照らしている。壁紙やシーツは白で統一されており、清潔感の溢れる空間だ。小樽観光に来たカップルをターゲットにしたお洒落《しゃれ》なホテルだった。

全室から海が一望できるのがここの売りで、窓が大きく取ってあるのも特徴のひとつだ。すでに日が落ちているので見えないが、朝になれば素晴らしい景色がひろがるのだろう。

だが、今は景色より奈緒のことが気になった。恋人同士が愛を語り合うホテルの一室で、ひとまわり年上の女性と抱き合っている。恋愛感情はなくても、狂おしいほどに互いを求め合っていた。

「拓真……」

奈緒が顔を上向かせて見つめてくる。

唇を微かに突き出しているのは、口づけを待つ仕草だ。しかし、今さらながら躊躇してしまう。ラブホテルに連れこんだのはいいが、相手は自分よりもはるかに経験豊富だ。そんな大人の女性をリードできるはずがなかった。

「ねえ……」

奈緒のほうから顔を寄せてくる。ぽってりした唇が重なり、蕩けるような柔らかさが伝わってきた。

舌が伸びてきて唇の表面をそっとなぞってくる。それだけで期待がふくれあがり、胸の鼓動が速くなっていく。唇の狭間に舌が入りこみ、口腔粘膜《こうくうねんまく》を舐めまわされた。

(ああっ、奈緒さん……)

さらに気分が盛りあがり、頭のなかが沸騰したような状態になる。拓真も思わず舌を伸ばして遠慮がちにからませた。

「あふっ……はあンっ」

奈緒はやさしく拓真の舌を吸いながら、片手を下半身へと滑らせていく。ジーパンを内側から押しあげている股間のふくらみを撫でまわし、竿《さお》の部分をキュッと握ってきた。

「うっ……」

「もう、こんなに……若いって素敵ね」

囁くような声だった。

そして、再びディープキスをしかけてくる。舌を入れてくると、口内をねちっこく舐めまわす。そうしながら下腹部を押しつけて、勃起したペニスをやさしく圧迫してきた。

もう、完全に彼女のペースになっている。拓真はただ立っているだけで、されるがままになっていた。

「はぁっ……」

奈緒は唇を離すと、喘ぎ声にも似たため息を漏らしながら腰をくねらせる。その結果、下腹部で擦られて男根に甘い刺激がひろがった。

「くッ……な、奈緒さん」

「気持ちいいのね」

彼女自身も感じているのか、うっとりした表情になっている。そして、その場でしゃがみこみ、絨毯《じゅうたん》の上で膝立ちの姿勢になった。

拓真の股間の真正面に奈緒の顔がある。

彼女のほっそりした指がベルトにかかり、勝手に緩めてしまう。さらにボタンをはずすとファスナーもおろしていく。そして、ジーパンがあっさり膝まで引きさげられた。

「染みができてるわよ」

指摘されて羞恥がこみあげる。先ほどから我慢汁が溢れており、ボクサーブリーフの裏地に染みこんでいた。

彼女の指がウエスト部分にかかり、ボクサーブリーフをゆっくりまくりおろしていく。やがて屹立したペニスが露になって、我慢汁の濃厚な臭《にお》いがあたりにひろがった。

「ああっ、すごい……」

生ぐさいはずなのに、奈緒はうっとりした表情で深呼吸している。吸えば吸うほど、瞳をねっとり潤ませていった。

「く、くさいから……」

「そんなことないわ。すごくいい匂いよ」

息遣いが荒くなり、言葉を発するたびに熱い吐息が亀頭に吹きかかる。この状況で期待するなと言うほうが無理な話だ。新たな我慢汁が溢れて、尿道口に透明なドームが盛りあがった。

「ンっ……」

奈緒は舌を伸ばすと、先走り液を躊躇することなく舐めあげた。

「ううッ」

鮮烈な快感が突き抜ける。思わず全身の筋肉に力が入るが、それはほんの一瞬の出来事だった。

（な、奈緒さんが、まさか……）

亀頭を舐められたことで、さらに興奮がふくれあがる。

じつは、まだフェラチオを経験したことがなかった。女性経験は麻里ひとりだけで、彼女は極度の恥ずかしがり屋だ。積極的に愛撫してくれるタイプではなく、拓真もどう頼めばいいのかわからなかった。

「バイクに乗せてくれたお礼よ」

奈緒は微笑を浮かべると、再び亀頭を舐めあげてくる。今度は舌をしっかり押し当てて、ネロリと全体に這わせてきた。

で見あげてきた。

「くおおッ」

たまらず大きな呻き声が漏れてしまう。軽くひと舐めしただけで舌はすぐに離れたが、それでも快感は強烈だった。膝がガクガク震えると、奈緒が楽しげな顔で見あげてきた。

「気持ちいいのね……ンンっ」

舌先を肉竿の根元に触れさせると、裏筋をゆっくり這いあがってくる。敏感な縫い目の部分を、舌先でくすぐられるのがたまらない。またしても先端から透明な汁が溢れて、亀頭全体をしっとり濡らしていった。

「くッ……ううッ」

亀頭に到達するかと思ったところで、舌はゆっくり下降してしまう。根元まで戻ると、奈緒は顔をかたむけて、太幹のサイドに唇を押し当てた。

「いっぱい気持ちよくなって……はンンっ」

まるでハーモニカを吹くように唇をスライドさせてくる。唾液の筋をつけながら、徐々に亀頭へと近づいてきた。ところが、あと少しというところで、またしても唇は離れてしまった。

「くううッ……」

膝の震えがどんどん大きくなっていく。焦らされることで、もう立っているのがやっとの状態になっていた。

「座ったほうがいいわね」

奈緒がスニーカーと靴下を脱がしてくれる。膝にからんでいたジーパンとボクサーブリーフも引き抜かれて、拓真は下半身剝き出しの格好になった。中途半端で恥ずかしいので、ブルゾンとトレーナーは自分で脱ぎ捨てた。

「こっちに来て」

奈緒は裸になった拓真の手を取り、ダブルベッドへと誘導する。そして、仰向けになると、彼女もライダースジャケットを脱ぎはじめた。

なかに着ていたのはグレーのセーターだ。飾り気のないシンプルなものだが、細身でぴったりフィットしているため女体の曲線が浮かびあがっている。ゆっくり脱いでいくと、やがて黒いブラジャーが見えてきた。

セクシーなレースのブラジャーが、たっぷりした乳房を覆っている。カップがところどころ透けており、白い地肌が見えているのが色っぽい。乳房が寄せられて深い谷間ができているのにも視線を奪われた。

「見られてると……恥ずかしいわ」

奈緒が頬を微かに赤らめる。普段は勝ち気なだけに、照れている姿が牡の欲望を駆り立てた。

それでも彼女の手はとまらない。エンジニアブーツを脱ぐと、ジーパンもおろしはじめる。尻をくねらせるようにしながら、タイトなジーパンを脚から引き剝がして抜き取った。

股間を覆っているのは、ブラジャーとセットの黒いレースのパンティだ。サイドが紐《ひも》になっており、股間を覆っている部分の布地が極端に小さい。かろうじて陰毛が隠れているだけの艶っぽいデザインだった。

（おおっ……）

拓真は腹のなかで唸《うな》りながら、奈緒の女体を眺めまわした。

間接照明の柔らかい光が白い肌を照らしている。奈緒は見られていることを意識しながら両手を背中にまわすと、ブラジャーのホックをはずした。カップがずれて、たっぷりした双つの柔肉が露出する。プリンのように波打った瞬間、ペニスの先端から新たな我慢汁が溢れ出た。

「わたしの裸なんて、おもしろくないでしょう」

奈緒は頬をほんのり染めて、パンティのウエストに指をかける。そして、拓真の視線を意識しながら、じりじりとおろしはじめた。

漆黒の陰毛が見えてくると、さらに気分が盛りあがる。もはやペニスは鉄棒のように硬くなり、先端から透明な汁を大量に垂れ流していた。早くひとつになりたくてたまらなかった。

「拓真のすごいことになってるわ」

一糸纏《まと》わぬ姿になった奈緒が、頬を赤らめながらベッドにあがってくる。そして、仰向けになった拓真の脚の間に入りこんできた。

正座をして前かがみになり、両手をペニスの根元に添えてくる。右手で竿を支えて、左手で陰嚢《いんのう》を包みこんできた。竿を軽くしごかれながら、皺《しわ》袋をやさしく揉みほぐされる。それだけでも快感の波が押し寄せてきた。

「も、もう、俺……奈緒さんと……」

ひとつになりたい。深くつながって、昨夜のように腰を振り合いたい。そんな願いをこめて彼女の瞳を見おろした。

「まだよ。じっくり楽しみたいでしょう」

奈緒は裏筋に舌先をあてがうと、じりじり舐めあげてくる。そして、張り出したカリの内側にも舌を這わせて、唾液をたっぷり塗りこんできた。

「ううッ……」

我慢汁がとめどなく溢れている。そこを狙《ねら》いすましたように、ぱっくりと咥《くわ》えこんできた。

「いっぱい気持ちよくなって……はむンンっ」

柔らかい唇がカリ首に巻きついてくる。絞りあげるように締めつけられて、いきなり強烈な快感が下腹部全体にひろがった。

「ぬううッ」

拓真は思わず呻き声を漏らして。瞬間的にふくれあがった射精欲を必死に抑えこんだ。

（こ、これが、フェラチオ……）

頭のなかでつぶやくだけで快感が大きくなる。

なにしろ女性にペニスを咥えられるのはこれがはじめてだ。人生初のフェラチオがもたらす愉悦は想像をはるかにうわまわっている。まだ先端を咥えられただけだが、早くもカウパー汁がとまらなくなっていた。

熱い口腔粘膜が亀頭全体を包みこんでいる。柔らかい唇が肉竿に密着しているだけでも、ペニスが蕩けてしまいそうな快感がひろがっていた。

「き……気持ちいい」

かすれた声でつぶやくと、奈緒が太幹を咥えたまま目を細める。そして、上目遣いに見つめながら、ゆっくり唇をスライドさせた。

「ンっ……ンっ……」

花を微かに慣らしつつ、男根をじりじり呑みこんでいく。

硬く反り返った肉柱の表面を、柔らかい唇で撫でられるのが心地いい。拓真は仰向けになって快楽の呻きを漏らしているだけだ。射精欲をこらえてシーツをつかんでいる間に、長大な肉塊がすべて彼女の口内に収まった。

「ううッ、す、すごい……」

それ以上、言葉が出てこない。

首を持ちあげて己の股間を見おろせば、奈緒が勃起したペニスをすべて口に含んでいる。陰毛が鼻先を撫でているのも気にせず、肉棒のつけ根を唇で締めつけていた。

しかも、視線は拓真の顔に向けられており、反応を見ながら唇に強弱をつけてくる。キュッ、キュッと刺激されて、我慢汁が次から次へと溢れ出た。

(気持ちよすぎて……ううッ、や、やばいっ)

気を抜くと、すぐにも達してしまいそうだ。拓真は奥歯を強く食い縛り、両手でシーツを握りしめた。

「あふっ……はむンンっ」

奈緒はしばらく様子を見るようにじっとしていたが、ついにゆったり首を振りはじめる。唇で肉竿を擦り、蕩けるような快感を送りこんできた。

ペニスは唾液にまみれてヌラヌラと濡れ光っている。しっとりコーティングされたところを唇でしごかれるのだ。強く締めつけているのに、ペニスがヌルリと滑る。そのため快感だけが、どんどん大きくなっていた。

「おおッ……おおおッ」

はじめてのフェラチオで射精欲をやり過ごせるわけがない。拓真はあっという間に追いこまれて、無意識のうちに股間を迫りあげた。

「ンっ……ンっ……ンンっ」

奈緒は首の振り方をどんどん激しくする。唾液が潤滑油となり、長大な肉塊がスムーズに出入りをくり返す。手加減なしでしゃぶられて、どうしようもなく射精欲がふくれあがった。

「くおおッ、ま、待って、も、もうっ」

慌てて訴えるが、奈緒は首振りをやめようとしない。それどころか、ますます激しく吸茎してくる。ジュブブブッという下品な音が響き渡り、ついにこらえきれずに欲望が爆発した。

「ううぅッ、で、出るっ、くうううううッ！」

ペニスが蕩けるような愉悦が押し寄せて、奈緒の口内でペニスが勢いよく跳ねあがる。粘性の高いザーメンが光速で尿道を駆け抜けると、頭のなかがまっ白になって理性が弾け飛んだ。

「おおおおッ、ぬおおおおおおッ！」

たまらず唸り声をあげながら、思いきり精液をぶちまける。女性の口のなかにザーメンを注ぎこむ背徳感に震えて、目の眩《くら》むような快楽に酔いしれた。

「はンンっ……あむううっ」

奈緒はペニスを深く咥えこんだまま放そうとしない。艶っぽい呻き声を漏らしながら、口内に放出される精液を次々と飲みくだしていく。唇を肉胴に密着させて、頬をぼっこり窪《くぼ》ませながら吸いあげていた。

（こ、これが……）

はじめての経験だった。

フェラチオの快楽は想像をはるかに超えていた。女性の唇で口内射精に導かれるのは、魂まで吸い出されたかと思うほどの愉悦だった。

4

「まだこんなに……」

奈緒は呆れたようにつぶやきながらも、どこかうれしそうな瞳でペニスを見つめていた。

大量に射精したにもかかわらず、硬度を保ったまま屹立している。膨張した亀頭は天井を向いており、胴体部分も野太く張りつめた状態だ。興奮状態が持続して、まったく萎《な》える気がしなかった。

奈緒が太幹に指をまわしてくる。そして、硬さを確かめるようにそっと握りしめてきた。

「やっぱり、硬いわ。男らしいのね」

褒められると悪い気はしない。欲望の塊のようで恥ずかしかったが、ペニスはますます反り返った。

「ねえ、欲しくなっちゃった」

奈緒は身体を起こして横座りすると、濡れた瞳で見つめてきた。くの字に流された脚が悩ましくも美しい。肉づきのいい尻からくびれた腰にかけての曲線にも惹きつけられた。なにより、たっぷりした乳房が牡の欲望を掻き立てる。

「な……奈緒さん」

拓真は吸い寄せられるように体を起こした。乳首はすでに硬くなり、乳輪までぷっくり隆起している。彼女の興奮が伝わってくるから、拓真もますます燃えあがった。

震える手を伸ばして乳房に触れようとする。ところが、奈緒はすっと身体を引き、シーツの上で仰向けになった。

誘うような瞳で見あげてくる。

両膝をそっと立てると、じわじわ左右に開きはじめた。膝が離れるにつれて白い内腿が露になる。そして、ついには下肢をM字形に開き、彼女の秘めたる部分が剝き出しになった。

（こ、これが……）

拓真は思わず両目をカッと見開いた。

昨夜は陰になってはっきり確認できなかったが、今は彼女のすべてが見えている。二枚の女陰はサーモンピンクでぽってりしており、愛蜜にまみれて濡れ光っていた。合わせ目がわずかに開いて、そこから透明な汁がジクジクと湧き出しているのがわかった。

かつてこれほど卑猥な光景を目にしたことはない。

昼間はクールに振る舞っている美女が、愛汁にまみれた股間を自らさらしている。しかも見られることで昂っているのか、呼吸をハアハアと乱していた。瞳はますます潤んで、眉を情けなく歪《ゆが》めているのだ。

「拓真……来て」

囁くような声だった。

奈緒は仰向けの状態で両手を内腿にあてがうと、指先で女陰を左右に開いていく。内側の鮮やかな粘膜が露出して、大量にたまっていた華蜜がトロトロと溢れ出した。

「おおっ……」

拓真は思わず前のめりになり、瞬《まばた》きするのも忘れて凝視する。

ペニスはこれでもかと屹立して、胴体部分にはミミズのような太い血管が浮かびあがった。全身が燃えるように熱くなり、視界がまっ赤に染まってくる。もう挿入することしか考えられず、獣のように唸りながら覆いかぶさった。

「な、奈緒さんっ、うううぅッ」

いきなり亀頭を女陰の狭間に押し当てる。そのまま体重を浴びせかけて、ズブリッと膣口に埋めこんだ。

「はああッ、ま、待って、あああぁッ」

奈緒が慌てた様子で声をあげる。

だが、もはや拓真はブレーキが壊れた暴走列車だ。欲望のまま、亀頭で媚肉を掻きわけながら一気に根元まで挿入する。カリで膣粘膜を擦りあげて、先端で子宮口を圧迫した。

「あううッ……ふ、深いっ」

奈緒の顎が跳ねあがる。両手を拓真の腰に添えると、挿入の衝撃で女体を小刻みに震わせた。

「す、すごく熱くて……うううッ」

膣のなかは熱くてドロドロになっている。しかも、常に激しくうねりつづけており、ペニスを思いきり絞りあげてきた。

拓真が覆いかぶさって挿入しているのに、まるで責められている気分だ。女壺でペニスを揉みまわされて、早くも射精欲がふくれあがる。このままではピストンしなくても暴発するのは目に見えていた。

(ま、まだダメだっ……)

いくらなんでも、こんなに早く終わるわけにはいかない。拓真は気合いを入れ直して腰を振りはじめた。

「おおッ……おおおッ」

少し動かすだけでも、膣襞がいっせいに反応して締めつけてくる。そこをカリで擦りあげて、再び一気に根元まで埋めこんだ。

「はうウッ、ま、また奥に……」

奈緒も昂っているのか、喘ぎ声が大きくなる。そして、両手を伸ばすと拓真の首に巻きつけてきた。

「ねえ、抱きしめて」

懇願するような声だった。引き寄せられて上半身を伏せると、胸板と乳房が密着する。一体感が高まることで、さらなる興奮の波が押し寄せた。

「くううッ、き、気持ちいいっ」

「ああッ、わたしもよ、あああッ」

奈緒の喘ぎ声が耳もとで響いている。彼女は両脚も拓真の腰に巻きつけると、足首をしっかりフックさせた。ググッと引き寄せられて、ペニスがより深い場所まではまりこんだ。

「おおッ、こ、これは……おおおッ」

「あううッ、い、いいっ」

甘い声で喘ぎながら、奈緒は下から股間をしゃくりあげてくる。受け身のはずの正常位で、なぜか彼女がペースを握っていた。腰を使われるとペニスが締めあげられて、射精欲が瞬く間にふくれあがった。

「な、奈緒さんっ、おおおッ」

力を加減する余裕などあるはずもない。拓真は唸り声を轟かせて、欲望のままに腰を振り立てた。

「ああッ……ああッ……は、激しいっ」

奈緒は四肢をしっかり巻きつけて喘いでいる。ピストンに合わせて股間をしゃくり、まるで咀嚼《そしゃく》するようにペニスを食いしめてきた。

「おおおッ、おおおおッ」

もう、一刻の猶予もならない。拓真は腰を力強く打ちつけて、蜜壺を奥の奥までえぐりまわした。

「くううッ、も、もうっ、ぬおおおおおおおおッ！」

先に音をあげたのは拓真だ。こらえきれずに欲望をぶちまける。ペニスを勢いよくたたきこむと同時に、ザーメンを膣奥に向かってドクドクと放出した。

「ひああッ、い、いいっ、あああッ、イクッ、イクううッ！」

直後に奈緒もアクメの喘ぎ声を響かせる。拓真の体にしがみつき、膣を思いきり収縮させた。

「くううッ、な、奈緒さんっ」

フェラチオで射精しているにもかかわらず、精液が何度も噴きあがる。女体をしっかり抱きしめて、今度こそ睾丸《こうがん》のなかが空になるまで出しきった。

奈緒の女体が小刻みに痙攣している。拓真も快楽にまみれてこらえきれない呻き声を漏らしつづけた。

深い絶頂を共有したことで、ふたりの心はまたひとつ近づいた。

昨日出会ったばかりとは思えないほど、しっくり嚙み合う感じがするのはなぜだろう。まるで昔からの知り合いと抱き合っているようだった。

「ああっ、拓真……」

奈緒が呆けたような声で囁きかけてくる。

拓真も絶頂の余韻で朦朧《もうろう》としながらキスをすると、彼女はすぐに唇を開いて応じてくれた。

まだ男根は女壺に収まったままだ。さらに舌をからませることで、快楽がより深いものになって全身へとひろがった。

「ツーリング……行かないか」

ほとんど無意識のうちにつぶやいた。

自分でもなぜそんなことを言ったのかわからない。

そもそも責任を取れる相手としかタンデムはしない主義だった。断りきれず乗せてしまったことで、自分のなかのルールが揺らいでいるのだろうか。いや、それだけではない。奈緒に対して、恋愛感情とは異なる特別な想いが芽生えはじめていた。

嫌いではない。だが、好きかと問われると首をかしげてしまう。

この胸がもやもやする感じは、いったいなんだろう。これまで経験したことのない感情だった。

「イク……」

奈緒がぽつりとつぶやき、腰をブルブル震わせた。

ツーリングに行くという意味なのか、それとも再び絶頂に達したのか、このときは判断がつかなかった。

第三章　ときには激しく

1

翌朝、目が覚めたのは午前十時前だった。

昨夜は夜遅くアパートに帰ってきた。順番にシャワーを浴びて、すぐ横になった。自覚している以上に疲れていたらしく、目を閉じるとあっさり眠りに落ちていた。

そして今、拓真と奈緒はツーリングに出発する準備をしているところだ。

昨夜、彼女が発した「イク」という言葉は、拓真の質問に対する返答だったようだ。今朝になって当然のように「どこに行くの」と聞かれて、一瞬なにを言われているのかわからなかった。

「ツーリングに連れていってくれるんでしょ」

強い口調で迫られたため、とっさに「襟裳岬《えりもみさき》」と答えた。

とはいえ、ただの思いつきで言ったわけではない。この時期、峠道はまだ雪が降る可能性があるため、平地でなおかつ暖かい場所を選んだ。北海道らしい景色も楽しめるので、とっさにしてはいいコースだろう。

そんなやり取りがあり、とにかくツーリングに出ることになった。

本日の目的地は襟裳岬だが、そこから先はなにも考えていない。こういう行き当たりばったりのツーリングは心が躍る。無計画だからこそ起きるハプニングも含めて楽しむのが、バイク旅の醍醐味《だいごみ》だった。

「荷物は少ししか載らないから最小限に。タンデムだから奈緒さんにはリュックを背負ってもらうよ」

拓真は指示を出しながら、てきぱきと準備を整えていく。

とにかく衣類はかさばるので、ツーリングのときはほとんど着替えない。不衛生かもしれないが、荷物を最小限に抑えるのが基本だ。とはいえ、今回は女性とふたりなので、下着だけはしっかり持っていくことにする。

「長時間走ると体が冷えるから、ちゃんと厚着してよ。あっ、レインウェアはふたり分あるから安心して」

麻里のために購入したものがあるので、それを使えばいいだろう。

たとえ小雨でも侮れない。他の車が路面の水を巻きあげるので、バイクに乗っているとずぶ濡れになる。ツーリングに出るのなら、レインウェアは必須アイテムだった。

「ずいぶん楽しそうね」

奈緒が呆れたように声をかけてくる。だが、彼女の声もいつもより弾んで聞こえた。

「当たり前だろ。今年初のツーリングなんだ」

雪が溶けて再びバイクに乗りはじめてから、まだそれほど経っていない。アルバイトが忙しかったため、遠出する時間がなかった。だから、急遽《きゅうきょ》決まったツーリングで浮かれていた。

「よし、なんか食べてから出発しよう」

パッキングを終えると、今度は腹ごしらえだ。

さっそくキッチンの棚を漁《あさ》ってみる。ところが、買い置きしてあるのはカップラーメンしかなかった。

（まいったな……）

時間がないので早くすませて出発したい。だが、カップラーメンは昨日、奈緒に却下されていた。

「それより、早く出かけましょうよ」

「お腹に入ればなんでもいいわ。それより、早く出かけましょうよ」


意外な言葉だった。

どうやら、彼女もバイクの魅力にはまりかけているようだ。昨日、小樽に行ったのが、よほど楽しかったのだろう。

やかんで湯を沸かすと、急いでカップラーメンを食べた。味気ない食事だったが、ツーリングの期待で胸は高鳴っていた。


「よし、これでいいな」

拓真はアパートの前で、バイクにタンクバッグを取りつけた。

タンクバッグとは、バイクのガソリンタンクの上に取りつけるようになっているバッグだ。磁石や吸盤、もしくはベルトなどで固定するようになっており、荷物が多いツーリングのときに重宝している。拓真が愛用しているのは、取り外しが楽なマグネット式だ。

このタンクバッグと奈緒に背負ってもらうリュックに収まる物しか、持っていくことはできない。とくに女性は荷物が多いので大変だが、奈緒はずいぶん削って少なくしてくれた。

「じゃあ、行こうか」

拓真が声をかけると、奈緒は目を輝かせてうなずいた。

黒いライダースジャケットにタイトなジーパン、それにエンジニアブーツが決まっている。プロポーションが抜群なので、こういうハードな服装でも妙にセクシーに映った。

拓真はスニーカーにジーパン、それに着慣れたバイク用の黒いブルゾンだ。厚めのセーターも着こんで、防寒対策も完璧だった。

まずは拓真がバイクにまたがり、エンジンをかけた。

相変わらず腹に響く最高のサウンドだ。この排気音を聞いているだけで、旅の期待がふくれあがった。

「いいよ。乗って」

声をかけると、奈緒がタンデムシートにまたがってくる。サスペンションが軽く沈むことで、ひとりで乗るときより少し車高が低くなった。

車だと助手席に人が座ってもそれほど変わらないが、バイクは後ろに人が乗ると明らかに重くなる。加速は悪くなるし、ブレーキの利き具合やカーブの感覚もまるで違う。だからこそタンデムは慎重になるのだ。

「じゃあ、いくよ。しっかりつかまって」

拓真が背後を見やると、奈緒が両手をすっとまわしてくる。しがみついてくる感じがうれしくて、思わずヘルメットのなかでにやついた。

昼の十二時、安全運転を心に誓い、いよいよ襟裳岬に向けて出発する。テンションはあがっているが、ライディングはクールにいきたい。はやる気持ちを抑えて、そっとアクセルをひねった。

まずは低速でエンジンを暖めることを心がける。バイクを大切に思うからこそ暖機運転は欠かせなかった。

国道36号線に入ると、千歳方面に向かってバイクを走らせる。しばらくは街中で交通量が多い。信号もたくさんあるので、市街地を抜けるまでは我慢の時間だった。

バイクというのは低速だとフラつき、ある程度スピードを出すと安定する乗り物だ。タンデムで低速になると、なおさらバランスが取りづらい。しかも、拓真のバイクの場合、低速のほうが振動が大きく、高速になるほど振動が打ち消されるのだ。

この振動が曲者《くせもの》で、甘く見ているとあとで大きな疲労となって返ってくる。赤信号で発進と停止をくり返しているうちに、少しずつ疲労とストレスが蓄積していくのがわかった。

奈緒も退屈なのか、まったくリアクションすることなく静かに乗っている。寝ているのではないかと心配になるが、しっかり腰にしがみついているので大丈夫だろう。

三十分ほど走ると右手に札幌ドームが見えてくる。銀色の大きな建物は、まるで巨大なＵＦＯのようだ。そのすぐ脇を通ってさらに進めば、やがて札幌市を抜けて北広島市《きたひろしまし》に入った。

北海道は他県から入植した人たちにちなんで、故郷の名前をつけた地名が数多く存在する。北広島市もそのひとつで、明治時代に広島県から開拓のために入植した人たちが多くいるという。

信号が減って走りやすくなってきたが、こういう場所でスピードをあげるのは危険だ。パトカーが隠れていたり、速度違反自動取締装置が設置されていたりする。拓真はアクセルを開けたくなるのを我慢して、前を走る車の後ろを走りつづけた。

ふと頭上を見あげると、青空の下を飛行機が低空で飛んでいた。

いつの間にか、千歳《ちとせ》空港の近くだった。出発してから一時間半ほどが経ってい
る。少し車が増えてきたが、ここを踏ん張れば楽になるはずだ。

「拓真——」

赤信号で停車したとき、奈緒が話しかけてきた。

「疲れたら休んでよ」

「俺は大丈夫。奈緒さんこそ疲れたんじゃないの」

「まだ平気」

奈緒はそう言うが、きっと疲れてきたのだろう。彼女は運転こそしていないが、
リュックを背負っているのだ。途中で見つけたコンビニに入り、休憩を取ること
にした。

同じ姿勢をつづけたせいだろう。バイクから降りると、少し腰が重くなってい
ることに気がついた。

「イテテっ……」

ヘルメットを取り、独りごとをつぶやきながら伸びをする。隣では奈緒が

リュックをおろして、同じように伸びをしていた。ふたりは顔を見合わせると、思わずふっと笑った。

「やっぱり、疲れてたんだろ」

「ちょっとね……でも、拓真のほうが疲れてるに決まってるから」

奈緒なりに気を使ってくれたのかもしれない。そう思うと、少しだけうれしくなった。

「飲み物、買ってくる。拓真はなにがいいの」

「あっ、じゃあ……」

一瞬迷ったが、缶コーヒーをお願いした。運転しているのだから、それくらいはご馳走になっても構わないだろう。

「はい、これ」

すぐに奈緒が戻ってきて缶コーヒーを手渡してくれる。そのとき、指が少し触れただけでドキリとした。

「ありがとう」

平静を装ったが、心臓の鼓動は速くなっている。

もう二度もセックスしているのに、なぜか指が触れただけでドキドキする。言葉は交わしていなくても、バイクで密着していたせいかもしれない。また心の距離が近づいた気がした。

「うん、うまいっ」

缶コーヒーの甘さが染み渡る。ツーリングのときの缶コーヒーはとくにうまく感じるから不思議だった。

「甘いのが好きなんてお子様ね」

「うるさいな。バイク乗りは缶コーヒーって決まってるんだ」

「ふふっ……そうですか」

奈緒はウーロン茶を飲みながら微笑んでいる。

革製のライダースジャケットが身体になじんできた。青空をバックにたたずむ姿は完全にライダーだ。こうして眺めていると、今にもバイクにまたがって走り出しそうだった。

「よし、行こうぜ。そろそろ気持ちのいい道に出るはずだから」

「ほんと、楽しみだわ」

奈緒が瞳を輝かせるので、早く北海道らしい景色を見せてやりたくなる。

バイクにまたがると、再び国道36号線を走りはじめた。しばらく進むと途中で左折して、道道129号線に入っていく。国道よりもこちらのほうが近道だし、なにより景色が素晴らしいことを知っていた。

信号がなく交通量が少ない道をゆったり流していく。

すると、周囲が開けて牧草地がひろがった。まだ夏のように青々しているわけではないが、それでも東京では見ることのできない広大な景色だ。バイクのスピードを落とすと、奈緒が腰に強くしがみついてきた。

「すごいっ」

バイクのエンジン音にまざって、歓喜の声が確かに聞こえた。

喜んでくれているようだ。拓真は腹にまわされた彼女の手を自慢げにポンポンとたたいた。

しばらく似たような景色が延々とつづく。久しぶりに走ると、つくづく北海道は広いと思う。札幌は都会なのに、少し離れただけでこんな景色がひろがっているのだ。

（でも、まだまだ……）

小樽で聞いた話が頭に残っていた。

奈緒はコネ入社の部下のせいで、いやな思いを抱えこんでいる。これくらいでは、まだ癒されないだろう。もっと素晴らしい景色がたくさんある。せっかく出会ったのだから、できる限り北海道を案内してやりたかった。

道なりに進むと国道２３５号線にぶつかるので、ここを左折する。国道だというのに信号はほとんどなかった。

流れに乗ってどんどん進んでいく。すると、ときおりフワッと潮の匂いが鼻先をかすめるようになる。周囲は木々が生い茂っていて見えないが、確実に海が近づいていた。

やがて草木がなくなり、突然、右手に海がひろがった。どこまでもつづく太平洋が、日の光を受けてキラキラと輝いていた。

「おおっ……」

思わずヘルメットのなかで唸った。

この道は何度か走っている。もちろんこの景色も知っているが、それでも、この開放感は最高だった。

奈緒も強くしがみついてくる。海を目にして感動しているに違いない。彼女がしっかり反応してくれるのがうれしくてたまらない。これでこそ、連れてきた甲斐があるというものだ。

潮風を楽しみながら走りつづける。新冠町《にいかっぷちょう》をすぎて静内町《しずないちょう》に入ると、久しぶりにウインカーをつけて左折した。

最初から寄り道をするつもりだった。ぜひ、奈緒に見せたいものがある。住宅街を抜けると、整備された牧草地が現れた。広々とした空間には数頭の馬が放されており、のんびり草を食《は》んでいた。

拓真はバイクを路肩に停車するとエンジンを切った。

「サラブレッドだよ」

背後の奈緒に声をかけた。

日高《ひだか》地方は競走馬の産地として知られている。本物のサラブレッドは筋肉質でたくましい。毛並みも艶々しており、なかなかの迫力だ。タンデムシートの奈緒が身を乗り出した。

「すごく大きいのね」

うっとりした声だった。

思わず彼女の感じている顔を連想してしまう。

どんな顔をしているのか見たかったが、馬は繊細だと聞いているので、あまり長居しないほうがいいだろう。エンジンをかけると、なるべく静かにその場から走り去った。

静内町の街中に戻り、ガソリンスタンドに寄って燃料を補給する。

時刻はすでに午後四時になっていた。ここから日が落ちると一気に気温がさがる。日が照っているうちは暖かいが、バイクは常に風を全身に受けるため、あっという間に体温が奪われるのだ。

（急いだほうがいいな……）

泊まる場所もまだ決まっていない。本格的に冷えこむ前に、今夜の宿を確保しておきたかった。

「奈緒さん、ちょっと急ぐよ」

「どうしたの」

「寒くなる前に、ホテルに入りたいんだ」

四月の北海道は春とはいえ、まだまだ寒い。体が冷えると操作ミスにもつながるので危険だった。

簡単に説明すると、さっそくバイクを発進させた。

襟裳岬まで行くつもりだったが、出発する時間が少々遅かった。ホテルを見かけたら予定を変更して入るべきだろう。

田舎に行くほど宿泊施設が少ないので注意が必要だ。絶対に無理はしないというのもバイク旅の鉄則だった。

これがひとりのツーリングだと不安になってくる場面だ。どんどん日が暮れていくので、走っていて焦ってしまう。だから、いつも早め早めに泊まる場所を確保するようにしていた。

でも、今日は奈緒がいるため不安はない。ただ、彼女につらい思いをさせたくないので、そういった意味ではプレッシャーがかかっていた。

空が夕日に染まり、どんどんあたりが暗くなっていく。気温もさがって、風が冷たくなってきた。

小一時間ほど走り、浦河駅《うらかわえき》の標識が見えてくる。

この近辺にホテルがあると踏んでいた。注意しながら走っていると、国道沿いにホテルを発見した。

拓真は迷うことなくウインカーを出してホテルの駐車場に入った。だが、まだ安心できない。部屋が空いている保証はないのだ。

「とにかく行ってみよう」

ヘルメットを取り、ホテルのフロントに向かった。

運よくツインルームが空いていた。贅沢《ぜいたく》を言えばダブルルームがよかったのだが、もともとこのホテルはシングルかツインしかないようだ。とにかく、泊まれるだけでもほっとした。

思わず奈緒と見つめ合い、安堵《あんど》の笑みを浮かべていた。

本日の走行距離は約百七十キロ。街中を抜けるのに少々疲れたが、それ以外はおおむね順調だった。

2

とりあえず順番にシャワーを浴びて、冷えた体を温めることにした。

思ったより早くホテルが見つかったので、寒さによる消耗は最小限に抑えることができた。

「ふうっ、すっきりした」

熱いシャワーが最高に気持ちよかった。

拓真がパンツ一丁でバスルームから出ると、先にシャワーを浴びた奈緒はすでに身なりを整えていた。ジーパンを穿《は》き、クリーム色のセーターを着ている。このあと色っぽい展開を期待していたので少しがっかりした。

(まあ、そうだよな……)

体の関係は持ったが、つき合っているわけではない。

いっしょにツーリングしているからといって、毎晩セックスするほうがおかしいだろう。

「ねえ、お腹空いたでしょ」

奈緒はベッドに腰かけて、ホテルのパンフレットを開いている。

昼にカップラーメンを食べたきりなので、確かに腹が減っていた。館内に食堂があるというので、そこに行くことになった。

ふたりともハンバーグ定食を頼んだ。

とくに地元の食材が使われているわけでもなく、可もなく不可もなくといった味だった。それでも温かい料理がありがたい。ビールも頼んでふたりで乾杯したのも楽しかった。

「明日はまず襟裳岬に行くよ」

拓真が明日の予定を話すと、奈緒は不思議そうに口を開いた。

「そんなに遠くないのに、どうして今日行かなかったの」

「泊まるところを確保するのが最優先だよ」

「ふうん……」

奈緒は今ひとつ納得がいかないようだ。

きっと何事も最初に立てた計画どおりに進めたいタイプなのだろう。若くして課長に昇りつめるぐらいなので、きっちりした性格に違いない。でも、そういう生き方は疲れそうだ。

「ツーリングをしてると、同じ道を戻りたくなくなるんだ。だから、襟裳岬まで行って、もしホテルがなかったとき、先に進むのか、それとも戻るのかで悩むことになる。これって危険なことなんだよ」

「でも、最初の計画が狂っちゃうじゃない」

「無理をしてまで計画どおりに進めることはないんだ。毎日、新しい計画を立てればいいんだから」

これはツーリングに限らず、なんにでも当てはまることだと思う。せっかく進んだのに後戻りするのはいやなものだ。だからこそ、慌てずに立ちどまることも必要だと思う。

「拓真って、本当にバイクが好きなのね」

奈緒がしみじみとつぶやいた。

「バイクのことになると饒舌《じょうぜつ》になるし、言ってることも妙に説得力がある。なんだか頼もしく見えてきたわ」

「なに言っててんだよ」

照れ隠しにビールをグッと飲みほした。恥ずかしくなってそっぽを向くが、本当はうれしくて仕方なかった。

その後もバイクの話で盛りあがり、ビールをお代わりして、いい感じに酔いがまわってきた。

「そろそろ、戻りましょうか」

そう言い出したのは奈緒のほうだ。瞳がしっとり潤んでおり、なにやら誘うような眼差しを送ってきた。

部屋に戻ると、ふたりは当然のように抱き合った。

ツーリングの高揚感にビールの酔いが加わったことで、抑えこんでいた欲望がふくらんだ。

「あンっ……」

唇を重ねると、奈緒はすぐに唇を半開きにして応じてくれる。そこに舌を差し入れれば、貪り合うようなキスになった。

互いの唾液を味わうことで気分がさらに盛りあがる。どちらからともなく、相手の服に手をかけて脱がしにかかった。

奈緒のセーターとキャミソールを頭から抜き取れば、ネイビーのブラジャーが露になる。精緻なレースがあしらわれており、染みひとつない白い肌を艶《あで》やかに彩っていた。

(ああ、やっぱり最高だ……)

気分が高まってキスをする。再び舌をからませれば、ペニスが痛いほど張りつめた。

拓真のダンガリーシャツも引き剝がされると、今度は互いのジーパンに手を伸ばして脱がし合う。先に拓真のジーパンがおろされて、あっさりボクサーブリーフ一枚になった。

(今度は俺が……)

もう、最高潮に昂っている。

お返しとばかりに奈緒のジーパンを勢いよく引きさげた。ブラジャーとセットのパンティが、恥丘をぴったり覆っている。思わず凝視しながら、ジーパンをつま先から引き抜いた。

そのとき、ポケットに入っていた奈緒の財布が落ちてしまう。そして、なかから一枚の名刺がはらりと舞った。

「あっ……」

慌てて拾いあげたとき、名刺に印刷された文字が目に飛びこんできた。

四菱建設株式会社　都市開発課課長　三島奈緒

四菱建設《よつびしけんせつ》は業界最大手のゼネコンのひとつで、その名前は日本中に知れ渡っている。札幌にも四菱建設がかかわっている商業ビルやマンションが多くあるはずだ。まさか奈緒がその大企業の社員とは思いもしなかった。

「四菱の社員だったのかよ」

拓真は平静を装って確認する。こみあげそうになる感情を懸命に抑えこむが、頬がひきつるのはとめられなかった。

「言ってなかったかしら」

　奈緒がぽつりとつぶやいた。どこか恥ずかしげで、それでいながら自信も見え隠れする言い方だった。

　彼女が四菱建設の社員であることは間違いない。

　すでにふたりとも下着姿になっているが、心がスーッと冷たくなっていくのを感じた。

「俺の家、四菱に立ち退きさせられたんだ」

　拓真の声は自分でも驚くほど平坦だった。

「えっ……どういうこと」

　奈緒が訝しげな視線を向けてくる。真意を探るように、拓真の目をじっと見つめてきた。

「東京の実家だよ。マンションを建設するとかで、付近一帯の家を買い取らせてくれって言ってきたんだ」

　静かな声を心がける。気を抜くと、感情が爆発しそうだった。

「でも、住み慣れた土地だから、近所の人たちと相談して断ったんだ。それからだよ、四菱のいやがらせがはじまったのは」

　奈緒が気まずそうに視線をそらした。

四菱建設の社員というだけで、彼女が悪いわけではない。それはわかっているが、平静を保つのは至難の業だった。

当時、拓真は札幌でひとり暮らしをしていた。

両親と兄から聞いた強引な立ち退きの話を思い出して、腹の底から怒りがこみあげてくる。それでも、なんとか感情を抑えつけると、奈緒の目をまっすぐ見つめて話しつづけた。

実家の周辺は古い地域なので、先祖から受け継いだ大切な土地を簡単に手放せるはずがない。それなのに、立ち退き料を吊《つ》りあげようとしていると決めつけて、四菱建設の担当者はまともに交渉しようともしなかった。

柄の悪い連中がうろうろするようになり、治安が悪くなったという。夜中にダンプカーが突っこんできた家もある。ダンプカーは盗難車で、犯人はいまだに逃走中だ。断定はできないが、四菱建設と無関係とは思えなかった。

やがて、いやがらせに耐えかねて引っ越す者が出てきた。住民の団結がゆるみ、徐々に信頼関係が崩れていった。

「昔からの仲間がたくさんいたのに、四菱のせいでメチャクチャになったよ」

つい語気が荒くなってしまう。奈緒はいっさい口を開くことなく、硬い表情で聞いていた。

結局、拓真の実家も引っ越した。立ち退き料はもらったが、近所の仲間との関係はぎくしゃくしたままだ。

「俺の実家はなくなった。ガキのころから住んでいた家はないし、幼なじみや友だち、みんないなくなったよ」

吐き捨てるような言い方になった。

そういった事情もあり、就職先も札幌で探したのだ。もう、拓真に帰る場所はなくなってしまった。

「貴史兄ちゃんとも、しばらく連絡を取ってないんだ。バイクの金を払わないといけないのに……」

そのことを思うと胸が苦しくなる。スポーツスターを譲ってくれた貴史の家も立ち退きさせられた。

拓真は幼いころから貴史のことが大好きだった。バイクに乗っている姿がカッコよくて憧れた。それなのに、親同士の仲が悪くなったことで、なんとなく気まずくなってしまった。

すべては四菱建設のせいだ。拓真が札幌にいるという事情もあり、なおさら距離が開いていた。メールを送れば一応返事はあるが、以前のような親しみは感じられなかった。

「それって、いつごろの話……」

黙りこんでいた奈緒が遠慮がちに口を開いた。

「うちが立ち退いたのは去年の夏、近所の人たちも、もうほとんど残ってないみたいだ」

「去年……もしかして、拓真の実家がある場所って——」

奈緒が恐るおそるといった感じで地名を口にする。それはまさに拓真の実家があった場所だった。

「やっぱり……」

肩を落としてうつむく奈緒を見て、なにかいやな予感がこみあげた。

おかしな沈黙が流れる。奈緒は思いつめたような顔になり、床の一点を見つめていた。

「東京シティ開発推進室……それが拓真の実家を立ち退かせたプロジェクトチームの名前よ」

「へえ、よく知ってるな。まあ、自分の会社がやってることだから、知っていてもおかしくないか」

つい嫌みったらしい言い方になってしまう。話しているうちに感情が増幅して、怒りを抑えるのがむずかしくなってきた。

「じつは……わたしがプロジェクトリーダーなの」

奈緒の告白を聞いた瞬間、頭のなかがまっ白になった。聞き間違いかと思ったが、彼女の申しわけなさそうな顔を見て確信した。

「奈緒さんが……」

それ以上、言葉が出てこない。

立ち退きをさせた者と、立ち退きをさせられた者が、遠い北の大地で出会っていたのだ。こんな偶然があるだろうか。いや、もしかしたら運命だったのかもしれない。そう考えるしか説明のつけようがなかった。

「確か……未来を作る仕事って言ってたよな」

あれは出会った日のことだ。奈緒は自分の仕事のことをそう表現した。

「教えてくれよ、未来ってやつを」

「タワーマンションを建てて、併設するショッピングモールを作るの。映画館やフィットネスクラブ、さらには病院も誘致する計画で、街全体をデザインしていくというコンセプトの巨大プロジェクト……」

声がだんだん小さくなっていく。いつも自信に満ち溢れている奈緒が、弱々しくうつむいていた。

「それが、未来を作るってことか」

「みんなが憧れる街を作りたかった……」

「本当にそれでいいと思ってるのか」

拓真の声はますます低くなった。

腹の底で渦巻いている憤怒《ふんぬ》が、ぐつぐつと煮え立っている。今にも噴きあがりそうで、拓真自身コントロールできなくなりそうだった。

「わからない……」

「わかるだろ。自分のことだぞ」

強い口調で答えを求める。だが、奈緒はうつむかせた顔を小さく左右に振りたくった。

「未来ってのは、誰かの犠牲に上に成り立つものなのかよ」

「本当にわからなくなってしまったの……」

声が消え入りそうなほど小さくなる。奈緒はネイビーのブラジャーとパンティだけを身に着けて立ちつくしていた。

「俺たちの思い出を奪って、踏みにじったんだ。それなのに未来を作るとか、本気で言ってるのか」

「ごめんなさい……」

あの勝ち気な奈緒が謝っている。いっさい言いわけすることなく、ただ頭をさげていた。

「結局、金儲《かねもう》けができればそれでいいんだろ。でも、それで不幸になる人が出てるんだぞ」

「なにを言われても仕方ないと思ってる。すべての責任はわたしにあるわ。つらい思いをさせて、本当にごめんなさい」

奈緒の瞳には涙さえ滲《にじ》んでいる。

その姿は衝撃的だったが、拓真の怒りは収まらない。いくら謝られても、失ったものは二度と戻らないのだ。謝られるほど虚《むな》しくなり、胸にひろがっている悲しみを、さらに深くえぐられる気がした。

「もう、いい……」

こうして話しているだけでも不愉快になる。もう、この件にはいっさい触れたくなかった。

「でも、あのプロジェクトのせいで、拓真の実家は――」

「やめろっ。黙れって言ってるだろ」

これ以上、自分を抑えられない。こみあげる激情のまま、彼女の肩をつかむとベッドに押し倒した。

3

「あっ……」

奈緒は小さな声を漏らしたが、いっさい抵抗しなかった。

ただ怯《おび》えたような瞳で見あげてくる。誰もがひれ伏す大企業のキャリアウーマンが、ブラジャーとパンティだけの姿で仰向けになり、己の犯した罪の大きさに震えていた。

「まさか、奈緒さんが……」

拳《こぶし》を握りしめて、奥歯を強く食い縛る。

学生の拓真に会社のことはよくわからない。きっと奈緒ひとりが悪いわけではないだろう。だが、それでも騙されたような気分だった。

奈緒に心を許しかけていた。

実際、恋人以外は乗せない主義だったのに、今日一日タンデムで走ってきたのだ。それを思い返すと、なおさら怒りが増幅した。

「クソッ」

奈緒に対して起こっているのか、それとも自分自身に怒っているのかわからない。とにかく、激情にまかせて襲いかかった。

拓真もベッドにあがると、仰向けになっている奈緒に覆いかぶさる。ブラジャーを強引に押しあげて、たっぷりした乳房を露出させた。

「ンンっ……」

カップの縁が乳首を擦り、彼女の唇から小さな声が溢れ出る。双つのふくらみがタプンッと波打ち、奈緒は恥ずかしげに顔をそむけた。

雪のように白い肌が、魅惑的な丘陵を形作っている。なだらかな丘の頂点に載っている乳首は鮮やかな紅色だ。まるで挑発するように揺れており、拓真は吸い寄せられるようにむしゃぶりついた。

「うむううッ」

両手で乳房を揉みあげながら先端を口に含んだ。舌を這いまわらせて、唾液をたっぷり塗りこんでいく。そのままチュウチュウ吸いあげては、再びねちっこく乳首を舐めまわした。

「ンっ……ンンっ……」

奈緒は微かな声を漏らすだけで、されるがままになっている。罪悪感から拓真を押しのけることができないのだろうか。両手は身体の両側に置いて、いっさい抵抗しようとしない。顔は横に向けており、すべてを差し出すような格好だった。

（そういうことなら……）

遠慮するつもりはない。拓真は双つの乳首を交互にしゃぶり、執拗《しつよう》に乳首を舌で舐め転がした。

「はンっ……」

奈緒が眉を困ったように歪めている。声が漏れないようにするためか、下唇を小さく嚙みしめていた。

そういうことをされると、なおさら声を出させたくなる。乳首をねちっこく舐めしゃぶり、それと同時に乳房をこってり揉みしだく。柔肉に指先を沈みこませて、ねちねちとこねまわした。

「はンンっ」

奈緒はまだ声をこらえているが、それでも乳首が硬くなってくる。乳輪まで充血してぷっくり盛りあがった。

舌先を乳輪に這わせて、乳首の周囲をぐるりとなぞってみる。すると、とたんに女体が硬直した。どうやら感度があがっているようだ。試しに乳首を前歯で甘噛みすると、女体がピクッと小さく跳ねあがった。

「ああっ……」

ついに奈緒の唇から、こらえきれない喘ぎ声が溢れ出た。

敏感になった乳首を甘噛みされて快感を覚えているのだ。横に向けた顔が恥ずかしげに染まっていた。

「こんなときでも感じてるのかよ」

怒りにまかせた言葉を浴びせかける。すると、奈緒は睫毛を伏せて、再び下唇を噛みしめた。

どうやら声を我慢するつもりらしい。拓真は背中に手をねじこんでホックをはずすと、ブラジャーを完全に奪い取った。

これで、より自由に愛撫をしかけることができる。双つの乳房を強くやさしく揉みまくり、乳首を舌先で転がした。触れるか触れないかの繊細なタッチで、さらなる快感を送りこんだ。

「身体がヒクヒクしてるぞ」

「ンンっ……はンンっ」

奈緒は懸命に喘ぎ声をこらえている。だが、乳首はさらに硬さを増して、見るからにとがり勃《た》っていた。そこを前歯で甘嚙みすれば、女体が驚いたように跳ねあがった。

「はンンンッ……」

これまでで一番の反応だ。しかし、まだ下唇を嚙みしめている。もっと激しい声が聞きたいのに、奈緒は必死に我慢していた。

罪悪感からされるがままになっているが、好き放題にされて喘ぐのはプライドが許さないのかもしれない。そういう中途半端なことをするのなら、拓真も遠慮するつもりはなかった。

双つの乳首を唾液まみれにすると、今度はパンティに指をかけた。奈緒の表情をうかがいながら、ウエスト部分をそっとなぞってみる。くすぐったいのか感じているのか、ときどき眉が微かに動くが声はあげなかった。

(じゃあ、これならどうだ)

ウエストのゴムに指をかけると、少しずつずらしていく。決して一気には脱がさない。羞恥心を煽るように、わざとじりじり引きさげるのだ。

恥丘のふくらみが見えてきたと思うと、漆黒の秘毛がまるで自己主張するようにふわっと盛りあがる。黒々とした縮れ毛は濃厚に生い茂っており、拓真の鼻息を浴びることで揺れていた。

パンティを足から抜き取った。これで奈緒は生まれたままの姿だ。さすがに恥ずかしいのか、内腿をぴったり閉じて股間をガードしていた。

「なにやってんだ。見せろよ」

彼女の膝をこじ開けると、下肢をM字形に押さえつける。白い内腿のつけ根には、サーモンピンクの女陰が息づいていた。

「おおっ……」

はじめて見るわけでもないのに、拓真は思わず唸ってしまう。何度見ても高揚する光景がひろがっていた。

勝ち気なキャリアウーマンの陰唇だ。しかも、たっぷりの愛蜜で濡れ光っている。乳首を舐められたことで感じていたのだろう。恥裂から透明な汁が湧き出しており、二枚の花弁をしっとり濡らしていた。

「やっぱり、感じてるんじゃないか」

股間をのぞきこんで指摘する。顔を寄せていくと、チーズにも似た芳香が漂ってきた。

「いやらしい匂いがしてるぞ」

わざと鼻をクンクン鳴らして、辱める言葉を浴びせかける。すると、羞恥に耐えかねたのか、奈緒は両手で顔を覆い隠した。

「も、もう……許して……」

消え入りそうな声だった。

あの奈緒が許しを乞うとは思いもしない。そうやって弱っている姿を見せられると、なおさら興奮がこみあげた。

拓真は鼻息を荒らげながら、さらに顔を股間に近づける。そして、勢いのまま口を女陰に押し当てた。

「あンンっ」

奈緒の声が聞こえて、女体が小さく跳ねあがる。

彼女が敏感に反応してくれるから、拓真はますます興奮して女陰にむしゃぶりついた。

じつはこれがはじめてのクンニリングスだ。ずっとやってみたいと思っていたが、麻里は恥ずかしがって許してくれなかった。指で触れたことはあるが、こうして口で触れるのははじめてだ。

（や、柔らかい……なんて柔らかいんだ）

濡れそぼった二枚の花弁を唇で感じている。今にも溶けてしまいそうな感触にとまどいながらも興奮していた。

これが人間の身体の一部とは信じられない。まるで熟れたマンゴーにむしゃぶりついているようだ。トロトロした感触に心奪われて、拓真は無意識のうちに舌を伸ばして恥裂をねぶりまわしていた。

「ああッ、こ、こんなこと……」

奈緒は手で顔を覆った状態で、指の隙間から自分の股間を見おろしている。そして、拓真が性器にむしゃぶりつく様子を観察していた。

「誰にもされたことないのに……恥ずかしい」

まさかの言葉だった。

昨夜は積極的にペニスをしゃぶってきたのに、じつはクンニリングスは未経験だという。勝ち気な性格なので、セックスのときも主導権を握ってきたのではないか。とにかく、はじめてだとわかり牡の欲望が刺激された。

「うむううッ」

二枚の陰唇を交互に舐めあげると、恥裂の狭間に舌先を潜りこませる。そのまま柔らかい媚肉の感触を味わい、さらに小さな肉の突起、クリトリスを発見して恐るおそる転がした。

「そ、そこは……あっ……あっ……」

奈緒が両手で顔を覆ったまま喘ぎはじめる。

どうやらクリトリスが感じるらしい。それならばと集中的に舐めまわす。膣口から滾々《こんこん》と溢れている華蜜を舌先ですくいあげて、肉芽にまぶしてはねちねちと転がした。

「あンンっ」

女体は確実に反応している。内股が小刻みに震えており、華蜜の量がどんどん増えていた。

「こんなに濡らして、感じすぎだろ」

舌先に感じるクリトリスは、いつしか充血してぷっくりふくらんでいる。さんざん舐め転がすと、口に含んでジュルルッと愛蜜ごと吸引した。

「はあアッ、そ、それ、ダメっ……あッ……あッ……」

奈緒の喘ぎ声が大きくなる。もう顔を隠していることができなくなり、両手を伸ばして拓真の頭を挟みこんできた。

押し返されるのかと思って身構えるが、反対に股間へと引き寄せられる。口と陰唇が密着して、湿った蜜音が室内に響き渡った。どうやら、もっと激しい愛撫を欲しているらしい。

（そういうことなら……）

拓真は舌先をとがらせると、膣口にニチュッと押しこんだ。

「うむッ」

女壺にたまっていた果汁が一気に溢れ出る。それを反射的にすすりあげると、喉を鳴らして飲みくだした。

「ああッ、い、いや、飲まないで、あああッ」

奈緒の喘ぎ声に背中を押されて、拓真は舌で女壺を掻きまぜる。すると、彼女の手に力が入り、さらに強く引き寄せられた。

「うむううッ」

鼻先がクリトリスに触れて押しつぶす形になる。拓真は息苦しさを覚えるが、奈緒はそれが感じるらしい。拓真の頭を引き寄せながら、自ら股間をグッグッと突きあげてきた。

「はああッ、ダ、ダメっ、これダメっ」

奈緒の喘ぎ声が切羽つまってくる。女体も小刻みに痙攣しており、絶頂が近づいているのは明らかだ。拓真は舌を懸命にピストンさせて、彼女の性感を追いこみにかかった。

「ううッ、うううッ」

「あああッ、も、もうっ、あああッ、もうっ、はあああああああッ！」

女体が硬直したと思ったら、次の瞬間、陸に打ちあげられた魚のように激しく跳ねまわる。ついに奈緒が絶頂に達したのだ。透明な汁がプシャアアッと噴き出し、拓真の顔面を濡らしていった。

「はあぁッ、な、なんか出ちゃうっ、あああああああッ！」

奈緒が潮を噴きながらアクメを貪っている。はじめてのクンニリングスがそれほどよかったのか、まだ拓真の頭を抱えこんだまま、はしたなく股間を突きあげていた。

(やった……やったぞ)

腹のなかで唸りながら、蕩けきった女陰をしゃぶりつづける。

拓真は女を支配する悦びを知り、これまでにない嗜虐《しぎゃく》性が芽生えるのを自覚した。

4

奈緒が四肢を投げ出して、呼吸をハアハアと乱していた。

拓真はそれを見おろしながらボクサーブリーフを脱ぎ捨てると、青竜刀のように反り返った男根を剝き出しにした。

「後ろを向いてケツをあげろ」

乱暴な口調で命令する。自分の言葉でますます高揚して、彼女を支配したいという欲望が強くなった。

「ま、待って……少しでいいから休ませて……」

奈緒がかすれた声でつぶやいた。

すっかり弱気になっており、瞳にはうっすら涙さえ浮かべている。それが罪悪感から来るものなのか、それともアクメの名残なのか判断はつかない。いずれにせよ、これから起こることは同じだった。

「いいからケツをこっちに向けるんだよ」

女体をうつ伏せに転がすと、腰をつかんで強引に持ちあげる。その結果、彼女は両膝をつき、尻を高く掲げる格好になった。上半身は伏せているので、双臀《そうでん》だけを持ちあげた状態だ。

「ああっ、恥ずかしい……せめて普通にして……」

奈緒が涙目で振り返って懇願する。だが、言うことを聞くつもりなど微塵もなかった。

「この格好、好きじゃないの……」

プライドの高いキャリアウーマンにとって、獣のように這いつくばる格好は屈辱以外の何物でもないのだろう。彼女がいやがるからこそ、バックから思いきり突きまくりたかった。

「ねえ、お願い……」

「口答えするなっ」

拓真は彼女の背後に陣取ると一喝した。

膝立ちの姿勢になり、たっぷりしたヒップを抱えこむ。じつはバックでの挿入はこれがはじめてだ。麻里とは正常位ばかりだったが、いつか経験してみたいと思っていた。

ペニスの切っ先を膣口にあてがってみる。絶頂に達した直後の陰唇はトロトロで、軽く押すだけでいとも簡単に亀頭を呑みこみはじめた。

「あッ……ああッ……は、入ってくる」

奈緒の白い背中が反り返る。背骨の窪みが艶めかしい曲線を描き、くびれた腰が左右にくねった。

「おおッ……おおおッ」

視覚的にも興奮を煽られて、拓真はペニスを一気に根元まで埋めこんだ。

「あああぁッ」

甲高い喘ぎ声がほとばしる。奈緒は頬をシーツに押しつけて、尻を高く掲げた屈辱的な体位で感じていた。

「ま、待って。お願い……お、奥まで、来てるの……」

切れぎれの声で訴えてくる。バックからだと挿入の角度が変わって、より奥まで届くのかもしれない。擦れるところも違うのか、膣壁が早くもウネウネと蠢《うごめ》いていた。

「くううッ、待てるわけないだろ」

拓真はくびれた腰をつかみ直すと、さっそくピストンを開始する。

暖機運転は必要ない。すでにふたりとも準備は整っていた。男根をグイグイ出し入れすれば、女壺が敏感に反応して収縮する。思いきり締めあげてくるが、怯《ひる》むことなく突きこんだ。

「ぬおおッ、ま、まだまだっ」

獣欲が滾《たぎ》っている。嗜虐性がふくらみ、腰を動かさずにはいられない。憤怒と欲望にまかせて、とにかく腰を振りまくった。

「ああッ、は、激しいっ、あああッ」

奈緒が両手でシーツを強く握りしめる。突きこむたびに背中が反り返り、尻たぶに震えが走った。

「ああッ、あああッ、い、いいっ」

「なに感じてるんだっ。俺は四菱のせいで……クソッ」

さらにピストンを加速させる。腰を打ちつけるたび、奈緒の熟れたヒップが、パンッ、パパンッッと小気味のよい音を響かせた。

「ご、ごめんなさいっ、あああッ」

奈緒が謝りながら感じている。その姿を目の当たりにして、牡の支配欲がどこまでも膨張していく。頭のなかが燃えるような赤に染まり、野獣のように腰を振りまくった。

「ああッ、つ、強いっ、あああッ」

いつしか女体は汗だくになっている。ペニスで奥をえぐるたび、奈緒の喘ぎ声が大きくなった。

「やっぱり、感じてるンじゃないかっ」

力まかせに腰をたたきつける。亀頭が膣の奥に達して、カリが敏感な襞を擦りあげた。

「はああッ、も、もうっ、あああッ、もうおかしくなっちゃうっ」

奈緒が腰をくねらせながら振り返る。瞳から涙が流れて頬を伝っているが、女壺はペニスをこれでもかと締めあげていた。

「ぬおおおッ、もうすぐ出すぞっ」

急速に射精欲がふくれあがり、いよいよ最後の瞬間が近づいてくる。拓真は奥歯を食い縛り、フルスロットルで腰を振りまくった。

「おおおッ、くおおおおッ」

「ああッ、ああッ、た、拓真ぁっ」

奈緒も手放しで喘いでいる。あれほどいやがっていたバックで貫かれて、涙を流しながら感じていた。

「だ、出すぞっ、出すぞっ、ぬおおおおおおおおおおッ！」

ペニスを根元まで突きこんだ瞬間、絶頂の大波が全身を呑みこんだ。たまらず雄叫《おたけ》びをあげながら、思いきり欲望を噴きあげた。

「ひあああッ、い、いいっ、あああああッ、イ、イクッ、イックうううッ！」

奈緒もオルガスムスの嬌声《きょうせい》を響かせる。女壺が激しく痙攣して、男根を食いちぎりそうな勢いで締めつけた。

「おおおおッ、ぬおおおおッ！」

射精の勢いが増していく。膣が吸い取るようにうねるのがたまらない。拓真は快楽に酔いしれて、全身をガクガク震わせた。

「ああッ……あああッ」

奈緒も這いつくばった状態でよがり泣きを振りまいている。犯されるようなセックスで、涎を垂らしながら昇りつめていた。あの強気な奈緒が、涙を流して感じている姿は衝撃的だった。

（これで……よかったのか……）

拓真はどす黒い愉悦を嚙みしめつつ、心のなかでつぶやいた。

奈緒を絶頂に追いあげたところで、胸のもやもやが晴れることはない。快楽の余韻が薄れていくにつれて、虚しさだけが浮き彫りになってきた。

第四章　露天風呂でふたりきり

1

翌朝、拓真はベッドのなかで目を覚ました。

すでにカーテンが開け放たれており、眩《まばゆ》い朝の光が差しこんでいる。隣のベッドを見やるが、奈緒の姿はそこになかった。バスルームからシャワーの音がするので、すでに起きているのだろう。

時刻は朝八時前、ひと晩経っても気分は晴れないままだった。

昨夜は犯すように奈緒を抱いたあと、こちらのベッドに移って眠ったのだ。とてもではないが、いっしょのベッドで眠る気にはならなかった。

まさか奈緒が四菱建設の社員だったとは驚きだ。

しかも、実家を立ち退かせたプロジェクトの責任者だという。こんな偶然があるだろうか。まさに運命のいたずらだった。

（まいったな……）

ベッドの上で身を起こす。胡座《あぐら》をかいて、窓の外に視線を向けた。暗く落ちこんだ気分とは裏腹に、雲ひとつない青空がひろがっている。絶好のツーリング日和だが、心が躍ることはない。まるで胸にたくさんの石をつめこまれたように、重くて刺々しい気持ちになっていた。

昨夜の出来事で、今日の予定は白紙になった。

今、拓真の胸にあるのは虚無感だ。どんなに怒りをぶつけたところで、現状は変わらない。すぎた時間を巻き戻すことはできないのだ。とはいえ、怒りが消えるわけもなく、胸の奥で燻《くすぶ》りつづけていた。

どのように奈緒と接するべきか悩んでしまう。とてもツーリングをつづける気分ではなかった。

しかし、ここは浦河だ。札幌から百七十キロも離れた場所まで来て、女性をひとりで放り出すわけにもいかなかった。

バスルームのドアが開き、奈緒が姿を見せた。

ジーパンを穿いて、セーターを身に着けている。拓真が起きているのに気づくと、奈緒は躊躇しながらも唇を開いた。

「ありがとう。楽しかった……」

唐突に礼を言われて、とまどってしまう。言葉を失って見あげると、奈緒の瞳は涙で潤んでいた。

意外な展開だった。

立ち退きの件で謝罪してくることは予想していた。しかし、まさか礼を言われるとは思いもしなかった。

一方で罵倒《ばとう》される可能性もあると思っていた。気の強い奈緒のことだ。昨夜のことをこのまま流せるはずがない。怒ってなにか言ってくるのではないかと心の準備はしていた。

それなのに、奈緒は涙を浮かべて謝罪している。強引に抱いたことを怒っていないのだろうか。

「お別れね。わたしはここで——」

「勝手に決めるな」

とっさに彼女の声を遮った。

拓真はどうするか決めかねて悩んでいたのに、奈緒は自分勝手にツーリングを終わらせるつもりでいた。それが気に食わなかった。

「タンデムでツーリングしてるんだ。ひとりで勝手に決めるなよ」

「でも……」

今度は奈緒がとまどいの表情を浮かべている。

途中離脱すると決めていたが、まさか却下されるとは思いもしなかったのだろう。立ちつくしたまま、視線を落ち着きなく泳がせていた。

「飯を食ったら、すぐに出発する」

拓真も服を着ると、奈緒をうながして食堂に向かった。

正直、食欲などなかったが、バイクは思った以上に体力を消耗する。北海道の場合は何十キロも店がないことなど当たり前だ。食べられるときにしっかり食べておかないと、あとになって後悔するとわかっていた。

ホテルの食堂で朝食を摂《と》った。トーストとスクランブルエッグとベーコン、それにオレンジジュースを胃に流しこんだ。食事中の会話はいっさいない。ふたりとも義務のように黙々と食べるだけだった。

いったん部屋に戻ると、荷物を持ってすぐにチェックアウトした。

バイクにまたがりセルモーターをまわす。とたんにスポーツスターは元気に目を覚ましてくれた。バイクのエンジン音を耳にしたことで、少しだけ気持ちが軽くなった。

「早く乗れって」

躊躇している奈緒に声をかける。

とにかく、当初の目的地である襟裳岬までは行くつもりだ。それでも、どうしてもタンデムする気にならなかったら、そのときは近くの駅に送り届けるつもりだった。

奈緒が遠慮がちにまたがってくる。そして、拓真の腰の両脇に手をそっと添えてきた。

「ちゃんとつかまれよ」

拓真は彼女の手をつかみ、自分の腰に巻きつかせる。しっかりつかまっていないと振り落とされる危険があった。

奈緒が手をまわしこんで、身体を背中に押し当ててくる。彼女にしても複雑な心境に違いない。だが、こうして密着していると、ざわついていた気持ちが落ち着いてくるから不思議だった。

複雑な思いを胸に抱いたまま、アクセルを慎重に開いて出発した。

現在の時刻は午前九時。一時間もあれば襟裳岬に着くだろう。

大平洋を右手に見ながら、国道２３６号線をひた走る。途中で国道３３６号線に入り、そのまま海沿いを進んでいく。

襟裳岬が近づくにつれて、海から吹きつける風が強くなる。排気量883CCでもハンドルを取られそうになるので、小型のバイクだと相当大変だろう。横風が強く吹くと、バイク全体がスライドするのがわかるほどだ。

(振り落とされるなよ……)

ふと、奈緒のことが心配になる。

腹にまわされている彼女の手を、左手でポンポンと軽くたたいた。しっかりつかまれと合図したつもりだが、伝わっただろうか。すると、奈緒の手に力がこもるのがわかった。

(へえ……やるな)

気持ちが伝わったらしい。拓真は思わずヘルメットのなかで唸り、そのまま慎重にバイクを走らせた。

右にウインカーを出して、道道34号線に入っていく。ここまで来れば目的地まであと少しだ。快調に飛ばして、予定どおり一時間ほどで襟裳岬の駐車場に到着した。

(やっぱり、バイクはいいな……)

軽く走っただけで気分がよくなっている。奈緒の表情もいくらか明るくなっている気がした。

岬の突端まで歩いてみるが、強風で飛ばされてしまいそうだ。断崖絶壁を凄まじい勢いで風が吹きあがってくる。これはあまりにも危険だと判断して、すぐ展望室に向かった。

展望室は岬に迫り出しており、ガラス張りになっていた。

肉眼でも充分に絶景を楽しむことができる。だが、拓真が見せたかったのはこれではない。

「これ……」

拓真は設置されている双眼鏡を奈緒に手渡した。

襟裳岬に連れてきたのは、ここでしか見ることのできない自然を満喫してもらうためだった。北海道といえば、誰もが広大な大地を想像するだろう。どこまでもつづく牧草地や放牧地は確かに見応《みごた》えがある。でも、他にもめずらしい景色があることを教えたかった。

昨夜のことでぎこちない空気が流れている。それでも、当初の目的だけは、はたしておこうと思った。

奈緒がおずおずと双眼鏡を受け取り、海を眺める。しかし、なにも発見できずに首をかしげた。

「岩場を見て」

襟裳岬の先には岩礁地帯がひろがっている。拓真も双眼鏡を手に取り、岩場を観察した。

「あっ……」

奈緒が小さな声をあげた。どうやら発見したらしい。拓真も目的の光景を捕らえたところだった。

岩に乗ってゴロゴロしているのはゼニガタアザラシだ。日本沿岸に定住する唯一のアザラシで、黒地に白い銭のような斑紋《はんもん》があることからゼニガタアザラシと名づけられた。

よく見ると、そこら中の岩場で何匹も休憩している。

まるまるとしており、岩の上で昼寝をしている姿はどこかユーモラスだ。呑気《のんき》に見えるが、実際は肉食性で神経質なところがあるらしい。だが、こうして遠くから観察していると、愛らしくてほっとした。

「ふふっ……」

ふいに奈緒が笑った。

思わず漏れてしまったのだろう。彼女は慌てた様子で唇を閉ざすが、悪い気はしなかった。

「これを見せたかったんだ」

拓真は独りごとのようにつぶやいた。

「えっ……」

奈緒がこちらを向いたので、とっさに視線をそらして双眼鏡をのぞきこむ。だが、横顔に熱い視線を感じていた。

疲れている奈緒を癒してやりたかった。

襟裳岬に行くことを提案したときは、そう思っていた。バイクに乗って、かわいいアザラシを見れば、少しは気持ちがほぐれるのではないか。自分でも単純だと思うが、そんなことを本気で考えていた。

そして実際、そのとおりになった。先ほどの微笑がその証拠だ。

「ありがとう……」

囁くような声だが、はっきり聞こえた。

隣を見ると、奈緒は双眼鏡でゼニガタアザラシを眺めている。だが、間違いなく彼女の声だった。

今日は朝から礼を言われてばかりだ。

なぜか胸がほっこり温かくなっている。ツーリングを終わらせる気など、もうすっかりなくなっていた。

ここにはタワーマンションもショッピングモールもない。でも、人をやさしくするなにかがある。奈緒は「未来を作る」と言ったが、こういう場所にこそ「未来」があるのかもしれない。

なんの根拠もないが、そんな気がしてならなかった。

2

再びバイクにまたがり走りはじめる。

目的地はとくに決めていないが、同じ道を戻るのは面白くない。道道34号線を進んで、国道336号線に合流して広尾町《ひろおちょう》方面に向かった。

襟裳町から広尾町までの約三十三キロの区間は断崖絶壁だったため、八年もの歳月をかけた難工事のすえ、昭和九年に開通した。工事に膨大な費用がかかったことから「黄金道路」と呼ばれるようになったという。

海沿いの道は相変わらず風が強く、ハンドルを取られるうえに体温を奪われていく。広尾町から内陸に入ったときは、ようやく風から逃れられると思ってほっとした。

大樹町《たいきちょう》でコンビニを見つけたので休憩を取ることにする。

もうすぐ昼になるところだ。体も冷えたことだし、なにか食べたほうがいいだろう。

「カップラーメンでも食べましょうよ」

そう言い出したのは奈緒のほうだ。バイクを降りてヘルメットを取った直後のことだった。

「嫌いなんじゃないの」

「学生のころに食べすぎただけよ。すぐに食べられて時間短縮だし、今は体を温めることのほうが大事だわ」

だいぶツーリングに慣れてきたらしい。まるでベテランライダーのような口ぶりだ。

それにしても、奈緒のようなできる女に、カップラーメンを食べすぎた過去があるとは意外だった。案外、普通の学生時代を送っていたのではないか。そんなことを想像すると、少し親近感が芽生えてきた。

「よし、ラーメンを選ぼうぜ」

コンビニでカップラーメンを購入してお湯を注ぐと、外に出て駐車場の車止めに腰をおろした。

奈緒もまったく嫌がる素振りがない。ライダースジャケットとジーパンで決めた女が、ひと目も気にせずコンビニの駐車場で車止めに座り、カップラーメンをすすっていた。

（なんか、カッコいいよな……）

拓真は横目で眺めながら、カップラーメンのスープを飲んだ。

結局、いい女はなにをやっても様になるのだろう。出会ったときはインドア派だと思ったが、案外バイクは合っているのかもしれない。これが大学の友人だったら、自動二輪の免許を取るように勧めているところだ。

「そうだ……」

いつまでも見惚れている場合ではない。どこに向かうのか、そろそろ決めなければならなかった。

　タンクバッグから地図を出してひろげると、まずは現在位置を確認する。とりあえず帯広《おびひろ》方面を目指していたが、まだ時間的に余裕がありそうだ。宿を探すのも重要だが、あまり早く休んでしまうのもつまらない。

「ううん……」

　唸りながら地図を眺めていると、奈緒が横からのぞきこんできた。

「なに悩んでるの」

「どこまで行こうかと思ってさ」

　ここは無理をせず帯広で一泊するべきだろうか。そんなことを考えていると、奈緒が「あっ」と声をあげた。

「富良野《ふらの》に行ってみたい」

　おそらく地理はまったくわかっていないだろう。思いつきで言っただけだ。しかし、なかなか絶妙なコースに感じた。

　富良野に行くには峠を越えなければならない。麓は晴れていても、峠をあがると天気が悪いというのはよくあることだ。この時期はまだ雪が心配だが、今から向かえば暖かい時間に通過できるだろう。

「でも、ラベンダーは咲いてないよ」

富良野と言えばラベンダーが有名だが、今はまだ時期ではない。六月になれば薄紫の花が咲き乱れる美しい光景に出会えるだろう。

「それでもいい」

奈緒がまっすぐ見つめてくる。ふいに視線が重なり、心臓がドクンッと音を立てた。

——それでもいい。拓真といっしょなら。

そう言われた気がして、ドキドキしてしまう。

なぜそんなことを思ったのかわからない。彼女は実家を立ち退かせて、仲間たちを散りぢりにさせたプロジェクトの責任者だ。それをわかっているのに、なぜか嫌いになれない自分がいた。

「よし、富良野に行こう」

とにかくバイクに乗りたい。北海道の延々とつづく直線を吹っ飛ばせば、怒りも悲しみもあっという間に置き去りにできる。だから、バイクが好きなのかもしれなかった。

「ええ、行きましょう」

奈緒も目を細めてうなずいた。

そうと決まれば、早く出発したほうがいい。平地は雨が降ってもなんとかなるが、峠だけは心配だ。雪が降る可能性を考えると、なんとしても暖かい時間に抜ける必要があった。

ヘルメットをかぶってグローブを着けると、富良野に向かって出発した。

国道236号線を北上して、途中から帯広広尾自動車道に入った。無料の自動車専用道路で、信号がないため一気に進むことができる。ストレスなく走れるので気持ちいい。周囲には牧草地がひろがっており、北海道の広大さを充分に満喫できた。

芽室帯広《めむろおびひろ》インターチェンジでおりると、国道38号線を右折して富良野方面へと向かう。まだ午後一時になったところだ。今のところは計画どおり順調に進んでいた。

途中、ガソリンスタンドに立ち寄った。

そのとき、ふたりともバイクから降りて、軽く体を動かした。ずっと同じ姿勢でいると、どうしても腰や肩が凝ってしまう。長時間のツーリングの場合、こうやってたまにほぐしておくことが大切だ。

「このまま走っても大丈夫かな。日が高いうちに峠を抜けたいんだ」

「大丈夫、行きましょう」

奈緒が力強い言葉を返してきたので、すぐ出発することにした。

市街地を抜けると周囲は牧草地や畑ばかりになる。さらに延々と道なりに進んでいく。小さな街に差しかかると思い出したように信号があるが、それ以外はノンストップだ。

ひたすら一時間半ほど走ると、いよいよ道路が登りに差しかかった。

狩勝峠《かりかちとおげ》だ。標高は六百四十四メートルで、何度か通ったことがあるが、真夏でも涼しかった思い出がある。この時期なら頂上はかなり寒いはずだ。念のためドライブインで停車すると、レインウェアを着ることにした。

「奈緒さんもこれを着て」

「雨が降ってないのに着ないとダメなの」

「防寒のためだよ。きっと上は寒いから」

レインウェアを防寒着として使用すれば、荷物を減らすことができる。バイク乗りの間では常識だ。上下をしっかり着こめば、それなりの温かさを確保できるので重宝していた。

ふたりともレインウェアに身を包み、いざ狩勝峠に向けて出発だ。

最初はゆるやかな坂を登っていく。まだ直線が多く、カーブもゆったりしている。しかし、気温は確実にさがっていた。

左車線をゆっくり走り、他の車に抜いてもらう。今日はタンデムなので、なおさら無理はできない。カーブがだんだんきつくなってくる。しかも、気づくとあたりに白いものが漂っていた。

（やばい、霧だ）

やはり峠はひと筋縄ではいかない。麓はあれほど天気がよかったのに、霧がどんどん濃くなっていた。

ライトを点けても視界は悪いままだ。それでも、他の車にバイクがいることを知らせるには有効だった。

万が一、霧のなかで転倒すれば、視界が悪いため後続車に轢《ひ》かれる可能性が高くなる。なおさらミスは許されない。とにかくスピードを抑えて、慎重な運転を心がけた。

奈緒も霧で焦っているのか、それとも峠道が怖いのか、拓真の腰に強くしがみついている。彼女の命を預かっていると思うとなおさら緊張して、どうしても肩に力が入ってしまう。

（失敗だったか……）

ふと、後悔の念が湧きあがる。

体温がどんどん奪われていた。まだ寒いこの時期に、タンデムで狩勝峠を越えようしたのは無謀だったかもしれない。今さら言っても仕方ないが、視界が悪いと不安になってしまう。霧のなかでスピードを抑えているので、後ろから追突されるのも心配だった。

寒いうえに視界が悪い。最悪の状況だが、とにかく前に進むしかない。この視界では、路肩に停車するほうが危険だった。

すると、急にトンネルが現れた。

ということは、もうすぐ頂上ではないか。確かトンネルをふたつ抜けた先に展望台があるはずだ。

（もうちょっとだ……焦るな、慎重に……）

心のなかで何度も自分に言い聞かせながら、ふたつ目の長いトンネルを走っていく。アクセルを開けたいのを我慢する。ようやくトンネルを抜けると、展望台の駐車場が目に入った。

すぐにウインカーを点けて乗り入れる。

だが、まだ安心できない。案外、停車する寸前にバイクを倒すというのはよく聞く話だ。最後まで気を抜かず、サイドスタンドをしっかり立ててエンジンを切った。

（やっと着いた……）

とたんに疲れがどっと溢れ出た。

やはり、ひとりで乗るのとは疲労の度合いがまるで違う。とにかく無事に頂上にたどり着いてほっとした。

バイクを知らない人は、どうしてそんなにつらい思いをしてまで乗るのかと言う。拓真にも上手く説明できないが、この緊張感の先にある解放感と達成感が癖になるのかもしれない。

——ツーリングは山登りに似ている。

以前、旅先で出会った人が語っていた言葉だ。

拓真は登山をしないが、なんとなくわかる気がした。山を登るのは、きっと楽しいことばかりではないだろう。苦しいことや危険なことを乗り越えた先に喜びがあるのではないか。

バイクはただカッコいいだけではなく、なにかに挑戦する気持ちを奮い立たせてくれる乗り物だ。

「拓真、お疲れさま」

先にバイクから降りた奈緒が、肩に手をかけてやさしく語りかけてくる。

彼女も疲れた顔をしていた。おそらく拓真の緊張が伝わっていたのだろう。ふいにもうしわけない気落ちがこみあげた。

「ごめん……怖かったよね」

「ううん、全然。拓真のこと、信頼してるから」

即答だった。奈緒はやさしい笑みを浮かべて見つめてきた。

(奈緒さん……)

胸に熱いものがこみあげる。

奈緒の笑顔が魅力的に映って動揺した。ふたりきりだったら、きっと抱きしめていただろう。そんな自分の感情が理解できない。昨夜はあれほど怒っていたのに、今はすっかり収まっていた。

展望台に移動すると偶然にも霧がすっと晴れた。

六百四十四メートルの高さから、広大な十勝平野《とかちへいや》を一望できる。見おろす形になるので、なおさら北海道の広さを実感できた。緑がどこまでもつづいていく景色は、まさに圧巻だった。

「すごい……」

奈緒がぽつりとつぶやいた。

展望台の手摺《てすり》につかまったまま微動だにしない。景色を見渡す瞳が心なしか潤んでいた。

「拓真の言っていたこと、本当だったわ」

「えっ……」

「北海道をまわるなら、バイクのほうが絶対いいって断言してたじゃない。そのとおりだったわ」

そういえば、そんなこともあった。

あのとき、奈緒は絶対と言いきった拓真を挑発してきた。でも、今にして思えば、ただバイクに乗りたかっただけかもしれない。なんとなくだが、そんな気がしてならなかった。

「車でさっと来て見る景色と、苦労してたどり着いてから見る景色では全然違うもの」

奈緒は遠くの山々を眺めながら、しみじみとつぶやいた。

確かにそれはあるかもしれない。車よりもバイクのほうが、小さな感動は多いと思う。天候に左右されたり、危険にさらされたりするぶん、そのあとに待っている喜びは大きい気がした。

充分休憩を取り、再びバイクにまたがった。

少し霧がかかっていたが、それほどでもない。峠をくだると、嘘のように晴れ渡った。

すでに西の空はまっ赤に染まっている。だが、もう焦ることはない。狩勝峠を抜けてしまえば、富良野まであっという間だ。泊まる場所を確保しなければならないが、道内でも屈指の観光地なので焦ることはないだろう。

だんだん交通量が増えてきた。信号もあるので、発進と停止をくり返さなければならない。さすがに疲れてきたので、いったんコンビニの駐車場に入って休憩を取ることにした。

缶コーヒーとウーロン茶を買ってくると、例によってふたりして車止めに座りこんだ。

「ここまで来たら、もうすぐだよ」

「富良野か……なんか不思議な感じだわ」

奈緒は遠い目で暮れていく空を見あげた。

拓真も釣られて視線を向けると、早くも星が瞬きはじめている。時刻はすでに夕方六時になっていた。

「どこに泊まろうか」

「そうね……」

奈緒が少し考えるような顔になる。そして、ウーロン茶で喉を潤してから、再び口を開いた。

「温泉に入りたいな」

「えっ、富良野まで来て温泉かよ」

「だって、体が冷えたじゃない」

そう言われると、温泉に入りたくなってくる。いったん芯まで冷えきった体は、まだ完全には回復していなかった。

「いいね……温泉」

拓真がぽつりとつぶやくと、奈緒が隣でスマホを取り出した。

「温泉がある宿を探してみるわ」

「でも、高いんじゃないかな……あんまり高いところは……」

出鼻を挫《くじ》くようだが、先に言っておいたほうがいいだろう。アルバイトをしていたとはいえ、学生の拓真には限度がある。急なツーリングということもあり、あまり持ち合わせがなかった。

「あったわ。中富良野《なかふらの》って近いのかしら」

「う、うん、近いけど……」

「ちょっと、電話してみるわね」

拓真の話を聞いていなかったのか、奈緒は勝手に電話をかけてしまう。そして、なにやら言葉を交わしはじめた。

（まいったな……）

おそらく予算をオーバーするだろう。男として情けないが、相手はバリバリのキャリアウーマンだ。経済的な事情には格差があった。

「空いてたわ。露天風呂つきのツインルームが予約できたわよ」

電話を切ると、満面の笑みを向けてくる。だが、拓真は値段のことが心配で喜べなかった。

「あのさ、悪いんだけど――」

「ここの宿泊代はわたしが持つわ」

拓真が最後まで言いきる前に、奈緒が言葉をかぶせてきた。最初から決めていたような言い方だった。

「それはちょっと……ふたりでツーリングに出たんだから、どちらか一方が払うっていうのはダメだよ」

「わたしが温泉に入りたいって言い出したんだもの。それに旅のお礼もしたいから、ここはわたしに出させてほしいの」

懇願するような口調になっていた。

そんな言い方をされると、無下には断れなくなってしまう。強気に来れば反発するが、かわいく頼まれると弱かった。拓真が言葉につまると、奈緒はすかさず顔の前で両手を合わせた。

「拓真、お願い。温泉に入りたいの」

「う、うん……じゃあ、お言葉に甘えて……」

押しきられる形で了承すると、奈緒は機嫌よさげに「ふふっ」と笑った。

なにやら彼女の手のひらで転がされている気がする。だが、不思議と悪い気はしなかった。

3

中富良野にあるホテルに到着すると、心の底からほっとした。

本日の走行距離は二百九十五キロ。タンデムツーリングとしてはかなり長距離だ。自動車専用道路の帯広広尾自動車道を使わなければ、時間的にも体力的にも走りきることはできなかっただろう。

露天風呂つきのツインルームは、学生が泊まるにはゴージャスだった。広くて清潔感に溢れており、間接照明が柔らかく室内を照らしている。縦長の部屋にベッドがふたつ並び、バスルームは奥にあった。

一刻も早く温泉に浸《つ》かりたいが、まずは腹ごしらえだ。疲れすぎて食欲はないが、なにか食べなければ元気が出ない。近場ですまそうという話になり、館内のレストランに向かった。

拓真はカツカレー、奈緒はシーフードドリアを頼んだ。

これが思った以上に美味で、食欲がなかったのが嘘のように平らげた。奈緒もしっかり完食して、血色がよくなった。気づかなかったが、先ほどまで顔が青白かったようだ。やはり、冷えすぎたのが原因だろう。

「部屋に戻って温泉に入ろうか」

早く温まったほうがよさそうだ。食事を終えると、拓真は奈緒をうながして立ちあがった。

「拓真が先に入って」

部屋に戻るなり、奈緒のほうから声をかけてきた。

「ここはレディーファーストで」

譲ろうとするが、彼女は引きさがろうとしない。首を左右に振ると、拓真の後ろにまわりこんで背中を押しはじめた。

「お、おい……」

「ずっと運転していたんだから、拓真のほうが疲れてるでしょ。わたしが先に入るわけにはいかないわ」

「なに言ってんだよ。温泉に入りたいって言い出したのは奈緒さんだろ」

拓真も引くつもりはない。宿泊代を出してもらったのだから、彼女が先に入るのが筋という気がした。

「ダメよ。拓真が入りなさい」

「いやいや、奈緒さんが先だって」

なにやら不毛な譲り合いになってきた。ふたりは顔を見合わせると、思わずプッと吹き出した。

「それじゃあ、いっしょに入ろうか」

奈緒が提案してくる。頬が微かに染まっているのを見て、拓真も急に照れくさくなった。

「べ、別に……いいけど」

断る理由はない。素直に「うん」とは言えないが、胸のうちに期待がふくれあがっていた。

「拓真が先に入って。わたしもすぐに行くから」

女性はいろいろ準備があるのかもしれない。あれこれやり取りがあったが、結局、拓真が先に入ることになった。

脱衣所で服を脱ぎ、バスルームに足を踏み入れた。

ぱっと見はホテルで見かける通常のバスルームと変わらない。だが、バルコニーに出るドアがある。そこを開けると、檜《ひのき》の湯船が設置されていた。すでに日は落ちており、明かりは間接照明のぼんやりした光だけだった。

（おっ、いい感じだな）

想像をはるかに超えていた。

両サイドは檜の板で仕切られて、手摺の下側も板で目隠しされている。浴槽は家庭用よりふたまわりほど大きいサイズだ。奥にある注ぎ口から常に湯が流れており、浴槽の縁から少しずつ溢れる作りだった。

拓真は木製の手桶《ておけ》で体を流すと、さっそく湯船に足を浸けた。

少し熱めの湯がじんわり来る。ゆっくり腰を落として肩まで浸かると、湯船の縁から湯がザーッと溢れ出す。同時に心地よさが全身にひろがり、たまらず低い声で唸っていた。

「おおっ」

冷えていた体が一気に温まっていくようだ。温泉の香りはそれほど強くないが、じんわり染み渡る感覚が気持ちよかった。

湯温は少し高めでも、顔に触れる外気が冷たいので、ゆっくり浸かっていられそうだ。外を向いて腰をおろせば、手摺の上から星空を見ることができる。部屋の露天風呂なので、知らない人がいないのもうれしかった。

（これはいいぞ）

早く奈緒も来ればいいのにと思って振り返る。すると、ちょうど裸体に白いバスタオルを巻いた奈緒がドアを開けた。

「お待たせ……」

黒髪を結いあげて、恥ずかしげに顔をうつむかせている。楚々《そそ》とした足取りも相まって、どこか淑《しと》やかに感じられた。

バスタオルの裾がミニスカートのようになり、むっちりした太腿がつけ根近くまで露出している。上を見れば縁が乳房に柔らかく食いこんでいるのも艶めかしかった。

「もう……」

奈緒がチラリとこちらを見てつぶやいた。

拓真が凝視していることに対しての抗議だろう。慌てて視線をそらすと、星が瞬いている夜空を見あげた。

しかし、奈緒のことが気になって仕方がない。顔は前方に向けたまま、視界の隅で動く女体に神経を集中させていた。

奈緒は湯船の縁でしゃがみこむと、バスタオルをはずして脇に置いた。かけ湯をしてから、湯船にそっと浸かってくる。湯がザーッと溢れて、奈緒がすぐ隣に身を寄せてきた。

「ああっ、気持ちいい」

独りごとなのか、それとも拓真に語りかけているのかわからない。肩と肩が今にも触れそうになっていた。

(奈緒さんといっしょに……)

女性と風呂に入るのなどはじめてだ。アパートの風呂は狭いので、麻里といっしょに入ったことはなかった。

奈緒は黙りこんでいる。夜空できらめく星を見あげているようだ。ネオンが眩しい東京では、まず見ることのできない絶景だった。

なにか話しかけたほうがいいのだろうか。だが、なにやら話しかけづらい空気が流れていた。

無言のまま時間だけがすぎていく。ふたりは並んで湯船に浸かったまま、ぼんやり星空を見あげていた。

体の芯まで温まってきたころだった。

「わたし、本気だったの」

奈緒がぽつりとつぶやいた。

いったいなにを言い出したのだろう。拓真は意味がわからず、彼女の横顔を静かに見つめた。

「本気で未来を作るつもりだった」

奈緒はこちらを見ることなく、顔を夜空に向けたまま話している。潤んだ瞳に瞬く星が映っていた。

「街をデザインして、誰もが住みたがる場所を提供する。夢のある仕事をしているつもりだった。仕事に誇りを持っていたの」

そこで奈緒はいったん言葉を切った。

なにかを嚙みしめるように瞳を閉じて黙りこむ。そして、再び目を開いて夜空を見あげた。

「それなのに、誰かの人生を壊していたなんて……」

声が震えている。奈緒の悲しみや悔いる気持ちが痛いほど伝わってきた。

「もう、そのことはいいよ」

拓真は思わず遮った。

聞いているのがつらかった。昨夜はつい責めてしまったが、彼女ひとりが悪いわけではない。プロジェクトリーダーとはいえ、会社の命令にしたがっただけだろう。

「よくないわ」

奈緒が顔をこちらに向ける。まっすぐ見つめてくる瞳から涙が溢れて、頬を静かに伝っていた。

「な……奈緒さん」

強い意志のようなものを感じて、拓真はなにも言えなくなってしまった。

「本当は薄々気づいていたの……でも、気づかない振りをしてきたのよ」

きっと人知れず苦しんできたのだろう。奈緒は振り絞るような声で、胸のうちを吐露した。

人を幸せにする仕事だと信じていた。いや、信じたいと思っていた。だが、華やかなマンションや商業施設を建設する陰には、不幸になっている人もいる。その事実に気づいていながら、見て見ぬ振りをしてきた。

「真実から目をそむけていたの……」

奈緒は下唇を噛むと、意を決したように口を開いた。

「ご実家のこと、本当にごめんなさい」

あらたまった様子で深々と頭をさげてくる。心の底から謝罪している気持ちが伝わってきた。

「そんな……俺のほうこそ、昨夜はすみませんでした」

怒りにまかせてひどいことをしてしまった。謝りたい気持ちはあったが、どうしても素直になれずにいた。でも、彼女がこんなにも謝ってくれたことで、頑《かたく》なだった心がほぐれていくのがわかった。

「拓真は謝らないで……」

「いや、俺、つい感情的になっちゃって……奈緒さんはリーダーだから、立ち退きの交渉は別の人がやってたんだよね」

奈緒を楽にしてやりたくて口にしたとき、ふいに点と点が一本の線でつながった気がした。

「そういえば……若いやつと揉めたって言ってたよね。社長の甥かなんか。もしかして、そいつが関係してるんじゃないの」

拓真が指摘すると、奈緒は一瞬驚いたように目をまるくする。そして、すぐに視線をそらしてしまった。

「やっぱり、そうか」

彼女の反応から確信した。

立ち退き交渉に来た四菱建設の担当者は、奈緒が強引に有給休暇を取る原因を作った部下、平岡晃司だったのだ。

「悪いのはそいつじゃないか」

「でも、わたしが責任者だもの。平岡くんを育てられなかったのだから、上司失格ね」

奈緒はいっさい言いわけをしない。責められるべきは晃司なのに、彼女が気の毒になってきた。

昨夜のことが悔やまれる。暴力的に奈緒を責め立ててしまったのだ。それを思うと、自分を殴ってやりたかった。

「奈緒さんは会社を休んでるのに、そいつは……」

おそらく晃司はのうのうと出社しているのだろう。

自分に対しても、その晃司という若い男に対しても、無性に腹が立って仕方がなかった。

「仕方ないわ、社長の甥っ子だもの。闘う相手を間違えたかしら……彼、入社二年目の二十三歳なのに、挨拶《あいさつ》もろくにできないの。拓真のほうが若いのに、ずっとしっかりしてる。あなたはきっと大丈夫よ」

　奈緒は諦めきったような表情だ。よくわからないが、ずいぶん深刻な雰囲気になっていた。

「そんなにまずいの」

「ええ……平岡くんと和解しないことには、会社に戻れないと思う」

「どうして、奈緒さんが……」

「会社なんて、そんなものよ。わたし、思いあがってたのかも……」

　奈緒は小さなため息を漏らすと、湯を手ですくった。そして、涙をごまかそうとするように顔を流した。

「わたしがいないとまわらない案件がいくつもあるから、すぐに誰かが泣きついてくると思っていたの。でも、まだ一度も電話が鳴らないのよ。もう四日も休んでるのに……」

　強引に有給休暇を取ったのに、会社からはいっさい連絡がないという。

　奈緒はもう自分の戻る場所はないのかもしれないと落ちこんでいた。本当は休んだ初日から心が安まらなかった。我ながら大胆なことをしてしまったと後悔もした。解放感と不安が交錯して、どうにも落ち着かなかった。

「このままクビになるのかなとか考えちゃって……マンションにいても不安だっ

たから、思いきって札幌に行ってみることにしたの」

「そうだったんだ」

拓真はうなずきながら必死に考えた。落ちこんでいる奈緒を元気づけてやりたい。だが、自分にできることなどあるだろうか。

「もし拓真に出会わなかったら、どうなっていたか……でも、拓真は迷惑だったわよね」

「そんなことないよ」

「ううん、わかってる。わたし、カリカリして、いやな女だったでしょ」

「だから、そんなことないって」

「拓真に当たり散らして――」

「奈緒さんっ」

彼女の肩をつかむとキスで唇をふさいだ。

「ンンっ……」

奈緒は一瞬、身を硬くしたが、すぐにうっとりした様子で睫毛を伏せた。

そのまま唇を少し開いてくれる。だから、拓真は舌を差し入れて、彼女の口のなかを舐めまわした。

「あンンっ」

「奈緒さん……うむむっ」

自然と舌をからめ合い、ディープキスへと発展する。彼女の味を確認することで、なぜか心が安まる気がした。きっと、奈緒も同じ気持ちなのではないか。今は穏やか表情で拓真の舌を吸っていた。

4

「強引なのね」

唇を離すと、奈緒がぽつりとつぶやいた。

「また、強引にするのかしら……昨夜みたいに」

怒っているわけでも、悲しんでいるわけでもない。どこか、からかうような口調だった。

それでも、彼女の言葉は拓真の胸に突き刺さる。まるで瘡蓋《かさぶた》を無理やり剝がして、そこに塩を塗りこまれたような気分だった。

「い、いや、昨日のは……ごめん」

拓真は視線をそらすと小声で謝罪した。

「だったら……」

奈緒の顔に微笑が浮かんだ。

「今夜はわたしが……いいでしょ」

潤んだ瞳で懇願しながら、すっと身を寄せてきた。

湯のなかでたゆたう双つの乳房が、拓真の二の腕にぴったり密着する。たまたま触れたわけではなく、奈緒が意識的に押し当てていた。その証拠に上半身を左右に揺すり、さらに乳房がひしゃげるほど身体を寄せてくる。そして、湯のなかで胸板に手のひらを這わせてきた。

「なにを……」

「いいことしてあげる」

大胸筋をゆったり撫でまわすと、指先で乳首を転がしてくる。それだけで甘い刺激がひろがり、体がピクッと反応した。

「ううっ……」

「乳首、硬くなってきたね」

奈緒は楽しげにつぶやき、左右の乳首を交互に触ってくる。指先でやさしく乳輪を撫でまわして反応させると、充分ふくらんだところをキュッとつまむ。さらには、指先でこよりを作るように転がしてきた。

「ちょ、ちょっと……くうッ」

「こうすると、気持ちいいでしょ」

「ううッ、ま、待って……」

さんざん乳首をいじりまわされて、ペニスもしっかり反応してしまう。湯のなかでふくらみはじめたと思うと、瞬く間に成長して反り返った。

「こっちはどうなってるのかしら」

まるで勃起したことを見抜いたように、奈緒の手のひらが下半身へと移動してくる。胸板から腹部へ滑りおりて、陰毛を指先で弄《もてあそ》び、さらには太幹に指を巻きつけてきた。

「うくッ……」

軽くつかまれただけでも快感が走り抜ける。思わず腰が震えて、全身の筋肉に力が入った。

「ああっ、すごいわ。もう、カチカチ」

奈緒がため息まじりにつぶやいた。

そして、ペニスの硬さを確かめるように、指に力をこめたり緩めたりをくり返す。ただつかんでいるだけだ。それが焦れるような刺激となり、ますます硬度を増していった。

「ちょ、ちょっと……うむむッ」

男根がヒクついているのがわかる。おそらく大量のカウパー汁が溢れて、湯のなかに溶けているはずだ。焦ってつぶやくが、奈緒はいっこうにやめようとしなかった。

「今夜はわたしの好きなようにやらせて」

「ど、どうしてだよ」

思わず反論するが、彼女は聞く耳を持たない。それどころか、太幹をキュッと握って、甘い刺激を送りこんできた。

「うむッ」

「昨日の、お、か、え、し」

奈緒はいたずらっぽく囁き、熱い息をフーッと耳に吹きこんでくる。もちろん、その間も太幹は握ったままだった。

「くうッ……お、お返しって……」

やはり昨夜の行為を根に持っているのではないか。一瞬そう思うが、彼女は笑みを崩さない。あくまでも楽しげに拓真の体をまさぐっていた。

「露天風呂でこんなことできるなんて、なんて素敵なことかしら」

そう言われて、ここが露天風呂だったことを思い出す。視線を夜空に向けると無数の星が瞬いていた。

「口でしてあげる。ここに座って」

奈緒が片手で湯船の縁を撫でる。

拓真は躊躇することなく立ちあがると、湯船の縁に尻を乗せて腰かけた。屹立したペニスが剝き出しになるのが恥ずかしい。だが、羞恥よりも期待のほうが大きかった。

外気が冷たく、体から湯気が立ちのぼる。火照《ほて》った上半身に夜風が当たるのが心地いい。すると、奈緒が目の前に移動して、湯船のなかでひざまずいた。膝の間に入りこみ、濡れた瞳で見あげてきた。

「拓真は星を見ていて……」

そう囁いたかと思うと、亀頭をぱっくり咥えこんでくる。柔らかい唇がカリ首に密着して、真綿で絞めるように力をこめてきた。

「つ、強いよ……くううッ」

たまらず快楽の呻き声が溢れ出る。

星を見てと言われても、視線はどうしても股間に向いてしまう。なにしろ、奈緒が湯船に肩まで浸かりながら、ペニスを口に含んでいるのだ。髪をアップにまとめているため、白いうなじが剝き出しなのも色っぽかった。

「あふっ……ンンっ」

奈緒が微かな声を漏らしつつ、太竿をさらに吞みこみはじめた。

鉄棒のように硬くなったペニスの表面を、肉厚の柔らかい唇がゆっくり撫でていく。唾液を塗り伸ばしながら、じりじり吞みこまれるのが気持ちいい。ときおり、思い出したように締めつけてくるのもたまらなかった。

「ぬうッ、す、すごい……」

またしても、星空の下で呻き声が漏れてしまう。

腰に震えが走り、大量の我慢汁がどっと溢れ出る。それでも、奈緒は気にすることなく長大な肉棒を根元まで吞みこんだ。

「お、俺のが全部……な、奈緒さんの口に……」

視覚的な効果は絶大だった。

奈緒が股間に顔を埋めて、ペニスをすべて口に含んでいるのだ。しかも、舌まで使って亀頭をしゃぶりまわしている。蕩けてしまいそうな快楽がひろがり、無意識のうちに両手で彼女の頭を抱えこんだ。

「ううッ、も、もう……」

先走り液の量が増えている。根元を唇で締めつけられているだけで、快楽がどんどんふくれあがっていた。

奈緒がペニスを咥えたまま見あげてくる。視線が重なることで気持ちが高揚して、さらに快感が大きくなっていく。すると、奈緒は片手で睾丸を包みこみ、双つの玉を転がすように揉みほぐしてきた。

「おおッ、そ、それ……す、すごい」

新たな快感の波が次々と押し寄せてくる。

皺袋を揉まれることで射精欲がうながされて、拓真は湯船に腰かけた状態で思わず股間を突き出した。

「ンっ……ンっ……」

奈緒がゆったり首を振りはじめる。柔らかい唇で太幹を擦られて、内腿が小刻みに震えはじめた。

「ううッ、い、いいっ、ううううッ」

「ンふッ……あふッ……はむンッ」

拓真が快楽を訴えると、奈緒の口唇ピストンが速くなる。

唾液と我慢汁にまみれた太幹を擦りあげられて、蕩けるような愉悦が股間から全身へとひろがっていく。男根をリズミカルにねぶられるたび、無意識のうちに股間をどんどん迫りあげた。

「も、もうっ、な、奈緒さんっ」

睾丸のなかで精液がグツグツと煮え立ち、切羽つまった声で訴える。もう、星空を見あげている場合ではない。湯船の底をつかむように、つま先をグッと内側に折り曲げた。

奈緒は首の振り方をいっそう激しくして、拓真の性感を追いこんでくる。同時に睾丸を揉み転がしながら吸茎されると、もうひとたまりもなかった。

「おおおおッ、そ、それ以上されたら……」

「ンンッ……ンンッ……はンンッ」

「くうううッ、も、もうダメだっ」

射精すると同時に吸いあげられて、頭のなかが極彩色に染まっていく。無意識のうちに両手で彼女の頭を引き寄せると、男根を喉奥まで突きこんだ。

「あぐううぅッ」

奈緒が苦しげな声を漏らすが、もう途中でやめられない。凄まじい快楽の濁流に呑みこまれて、全身を痙攣させながらついに欲望を解き放った。

「おおおおッ、で、出るっ、おおおおッ、ぬおおおおおおおッ！」

喉奥に埋めこんだ亀頭から白濁液が噴出する。睾丸から尿道を駆け抜けて、まるで喉を打ち抜くような勢いだった。

「ンンッ……ンンンッ」

眉間に縦皺を刻んで呻きながらも、奈緒はペニスを吐き出さない。注ぎこまれる側から喉を鳴らしてネバつく精液を飲みくだす。苦しげな表情のなかにも艶があり、星空を凌駕《りょうが》する凄絶《せいぜつ》なまでの美しさを放っていた。

5

「ああンっ……」

最後の一滴まで嚥下して、奈緒がようやくペニスを解放する。口もとを指先で拭うと、まだ硬度を保っている太幹に指をまわしてきた。

「やっぱり、すごいわ」

奈緒はうっとりした表情でつぶやき、拓真の顔を見あげてくる。そして、視線を重ねたままゆっくり立ちあがった。

滑らかな皮膚を湯がザーッと流れ落ちる。たっぷりした乳房が露になり、目の前でタプンッと大きく弾む。くびれた腰が描く曲線も艶っぽい。恥丘には濡れた陰毛がワカメのように張りついていた。

「のぼせそう……」

結いあげた髪に手をやり、後れ毛を気にしながら背を向ける。そして、足を湯に浸けたまま、バルコニーの手摺につかまった。

少し前かがみで尻を後方に突き出す格好だ。湯船に腰かけている拓真に見せつけて、挑発するように揺らしていた。

「な……奈緒さん」

欲望は萎えることがない。射精直後なのにペニスは雄々《おお》しく反り返り、先端は我慢汁で濡れている。

「拓真……」

奈緒が尻を突き出したまま振り返る。潤んだ瞳で誘われて、拓真はフラフラ歩み寄るとむっちりしたヒップを抱えこんだ。

亀頭を女陰に押し当てる。そこは確かに湯ではない別の液体で濡れていた。トロトロになっている割れ目に、ペニスの切っ先を押しこんでいく。湿った音が響いて、滑らかな背中が弓なりに反り返った。

「はあぁッ」

奈緒の唇から甘い声が溢れ出て、星降る富良野の夜空に溶けていく。まだ亀頭を挿入しただけだが、女体は敏感に反応していた。

「奈緒さんのなか、からみついてくるよ」

膣襞が亀頭の表面を這いまわっている。膣口も収縮して、太幹をしっかり食いしめていた。

「もっと、奥まで……」

囁くような声でねだってくる。そして、自ら尻を突き出して、ペニスを呑みこんでいった。

「ああッ、拓真の大きいっ」

「うむッ、奈緒さんもすごく気持ちいいよ」

女壺がもたらす快感は強烈だが、一度射精しているので耐えられる。拓真はそのまま一気に根元まで男根を押しこんだ。

「はああッ、い、いいっ」

奈緒の唇から甲高い喘ぎ声がほとばしる。

さすがに他の部屋に聞こえているかもしれない。だが、ペニスに巻きついてくる媚肉の快楽が、理性を瞬く間に溶かしていく。今は奈緒といっしょに気持ちよくなることしか頭になかった。

「おおッ……ウネウネして、すごいよ」

腰を引いてペニスを後退させると、すかさず膣が収縮する。ギリギリと締めあげられて、新たな先走り液が溢れ出た。

「ああンっ、擦れてる……はああンっ」

カリが膣襞をえぐることで、奈緒の背中がさらに反り返る。愛蜜の量も増えており、膣口からこぼれて湯船に滴り落ちていた。

「こんなに濡らして……ふんんッ」

再びペニスを勢いよく突きこめば、女体がビクッと反応する。感じているのは明らかで、尻たぶに感電したような震えが走った。

「あああッ、す、すごい……すごいわ、拓真」

奈緒がうっとりした顔で振り返り、瞳でさらなるピストンをねだってくる。だから、拓真は遠慮なく本格的に腰を振りはじめた。

「おおッ……おおッ……」

力強くペニスを出し入れして、亀頭で子宮口をたたきまくる。カリでは膣壁を擦りまくり、とにかく膣道全体を刺激した。

「あッ……あぁッ……いいっ、いいっ」

「奈緒さんっ、おおおッ、奈緒さんっ」

ふたりとも快楽を貪ることしか考えていない。拓真が男根を挿入すれば、奈緒は尻を突き出して受けとめる。息を合わせることで、快感は二倍にも三倍にもふくれあがった。

「拓真っ、あああッ、いいっ、いいわっ」

「くううッ、す、すごいっ」

足もとの湯が、バシャッバシャッと音を立てる。立ちバックでつながっているふたりを中心にして、湯船のなかに波紋がひろがった。

「くううッ、お、俺、もうすぐ……」

「ああッ、わたしもよ、あああッ」

息はぴったり一致している。どちらかが一方的ではなく、いっしょに気持ちよくなることで、愉悦はより深いものへと昇華していく。

「はあッ、こんなにすごいの、あああッ、はじめてっ」

奈緒の喘ぎ声が拓真のなかの牡を奮い立たせる。くびれた腰をつかみ直すと、前かがみになって一心不乱に腰をたたきつけた。

「おおおッ……おおおおッ」

奥の奥までペニスをえぐりこませる。突くほどに締まりがよくなり、急速に絶頂の大波が押し寄せてきた。

「くうッ、奈緒さんっ」

「ああッ、いいっ、もう……あああッ、も、もう……」

彼女にもクライマックスが迫っている。喘ぎ声がうわずり、膝がガクガク震えはじめた。もう立っていられないのか、腰が砕けそうになっている。拓真は女体をしっかり支えながら、勢いよくペニスをたたきこんだ。

「はあッ、いいッ、あああッ、も、もうイキそうっ」

奈緒が手摺を強くつかんで訴えてくる。拓真はここぞとばかりに、体重を浴びせてペニスを深い場所まで穿《うが》ちこんだ。

「ひあああッ、お、奥っ、ああああッ、イ、イクッ、イクイクうううッ！」

艶めかしい嬌声が響き渡る。火照った女体をうねらせて、奈緒がペニスを食いしめた。

「き、きついっ、ううウッ、で、出るっ、おおおッ、おおおおおおおおッ！」

拓真もたまらず唸り、またしても欲望を噴きあげる。女壺の熱さを感じながらの射精は、脳髄まで蕩けそうな快楽だった。

息を合わせて腰を振ることで、絶頂はより深く激しくなっていく。

ふたりはほぼ同時にエクスタシーの嵐に巻きこまれて、天高く舞いあがるような錯覚に囚《とら》われた。

拓真は背後から女体に覆いかぶさり、双つの乳房を揉みまくる。柔肉の感触を味わいながら、大量の精液を膣奥にぶちまけた。二度目にもかかわらず勢いよく噴き出して、子宮口に二度、三度と噴きかかった。

「あああっ……ああああっ」

奈緒はなんとか手摺につかまっているが、アクメを貪った女体は崩れ落ちる寸前だ。すっかり力が抜けており、奥まで貫いているペニスが支えているような状態だった。

彼女の腰を抱えこみ、ゆっくりペニスを引き抜いた。

ぽっかり空いた膣口から、一拍置いて白濁液が逆流してくる。湯船に滴り落ちる様子を眺めながら、絶頂の余韻を噛みしめた。

もう、ふたりの間に言葉はいらない。ただただ最高の快楽だった。

だが、この関係にはいつか終わりが来るとわかっている。だからこそ、感じれば感じるほど虚しさを覚えてしまう。こうして肌を合わせていても、頭の片隅では終わりのときを想像していた。

第五章　身も心も

1

聞き慣れない音で目が覚めた。

スマホの着信音のようだが、拓真のものではない。重い瞼《まぶた》を持ちあげると、隣で奈緒がスマホを手にして画面を見つめていた。

昨夜は露天風呂で愛し合ったあと、ひとつのシングルベッドで寄り添って眠った。ツインルームだったが、奈緒がいっしょに寝ようと言ってきたのだ。もちろん断る理由はなかった。

ふたりは裸のまま、ひとつのベッドで身を寄せた。

もしかしたら、奈緒のなかで特別な感情が芽生えているのではないか。それと同時に終わりのときを想像しているのではないか。彼女の火照った身体を抱き寄せながら、そんな気がしてならなかった。

そのままふたりは眠りに落ちて、たった今、スマホの着信音で目が覚めたところだ。昨夜はあれほど燃えあがったのに、不安な気持ちが掻き立てられているのはなぜだろう。

　カーテンごしに朝日が差しこむなか、奈緒はなにやら深刻な顔でスマホを見つめている。

　時刻は朝八時すぎだ。

　盗み見るつもりはなかったが、ふとスマホの画面が目に入ってしまう。そこには「平岡晃司」と表示されていた。社長の甥でコネ入社した奈緒の部下だ。この男のせいで、彼女は退職の危機に立たされていた。

　奈緒はしばらくスマホを見つめていたが、意を決したように通話ボタンをスライドさせた。

「はい……」

　警戒心を露にした声だった。

　なにしろ、晃司のせいで出社できないのだ。その張本人から電話がかかってきて、奈緒はなにを言われるのかと身構えていた。

「あっ、お、俺です。平岡です」

　慌てたような声が漏れ聞こえてくる。いかにも軽そうな感じで、拓真は思わず眉をしかめた。

「お、おはようございます。あ、朝早くにすみません」

晃司は思い出したように挨拶をする。奈緒が挨拶もできないと嘆いていたので、この点は学習したのだろうか。

「なにかあったの」

奈緒は平静を装って受け答えする。だが、横顔はこれまで見たことがないほど硬かった。

「じつは、東京シティ開発の件なんですが、どうしてもわからないことがありまして……誰に聞いても知らないって言われちゃって……もしかして、俺、嫌われてるんですかね」

なにやら晃司は落ちこんでいる様子だ。

奈緒は呆れたように小さく息を吐き出すが、相手には悟られないように唇を開いた。

「そんなことないわよ。それで、なにが知りたいの」

「はい、えっと――」

晃司が遠慮がちに質問する。専門的な仕事の話なのでよくわからないが、一応真面目に働いているようだ。奈緒も突き放すことなく、時間をかけて根気よく説明していた。

「そっか、わかりました。ありがとうございます」

意外にも晃司はしっかり礼を言った。

「じゃあ――」

「あっ、待ってください」

奈緒が電話を切ろうとすると、晃司が慌てて引きとめた。

「課長に電話かけるって言ったら、みんなが、いつから復帰するのか必ず聞けって……」

ひどく言いづらそうで、声がおどおどしている。奈緒が怒り出すとでも思っているのだろうか。

「やっぱ、みんな困ってると思うんですよね……俺も困ってるし……」

晃司の声はどこか申しわけなさそうだ。自分のせいで、奈緒が有給休暇を取ったとわかっているのだろう。

「あっ、そもそも今どこにいるんですか。さっき、ご自宅にかけたけど留守電だったから、ケータイにかけたんですよ」

「今は……夢の国よ」

奈緒は一瞬考えてからつぶやいた。

「えっ、それって何県ですか」

どうやら、頭はあまりよくないらしい。だが、想像していたより、人は悪くなさそうだ。

「でも、なんか楽しそうですね」

「楽しいわよ。すごく……」

そう答える奈緒の口もとに、微かな笑みが浮かんだ。

「とにかく、早く帰ってきてください」

「ええ、もうすぐね」

「もうすぐって、いつですか」

晃司は執拗に食いさがってくる。どうやら仕事が進まなくて、よほど困っているようだ。

「そうね……明日、かな」

逡巡《しゅんじゅん》しながら静かに答える。それはまるで自分自身に言い聞かせるような言い方だった。

「明日ですね。絶対ですよ。もう、みんなに報告しちゃいますよ。俺を嘘つきにしないでくださいよ」

「大丈夫よ。約束するわ」

奈緒の表情が明るくなっている。最初の警戒していた雰囲気はすっかり消え去っていた。

（そっか……帰るのか）

拓真は微かな胸の痛みを覚えた。

奈緒が会社に戻れるのはいいことだが、正直、複雑な心境だ。いつかこういう日が来るのはわかっていた。しかし、こんなに早いとは思わなかった。奈緒のうれしそうな横顔を見ると、淋しさがこみあげてきた。

「じゃあ、失礼します」

「明日、会社で……」

奈緒は電話を切って考えこむような顔になる。だが、すでに気持ちは仕事に向いている気がした。

「東京に帰るのかよ」

思いのほか低い声になってしまう。すると、奈緒はスマホを枕もとに置き、身

体ごとこちらを向いた。驚いている様子はないので、途中で拓真が目を覚まして
いることに気づいたのだろう。
「いつから起きてたの」
「最初から……着信音で目が覚めた」
盗み聞きをしようと思ったわけではない。あの状況では自然と会話が耳に入っ
てしまう。そっと離れるという選択肢もあったが、先ほどは会話が気になって思
いつかなかった。
「そう……」
奈緒は尋ねてきただけで、別に怒っているわけではないようだ。それどころか
気まずそうな表情を浮かべていた。
「仕事に復帰して、また部下に立ち退きをやらせるのか」
つい嫌みったらしい言い方をしてしまう。奈緒がいなくなると思うと淋しくて
感情を抑えることができなかった。
「同じあやまちは犯さないわ。約束する」
奈緒の言葉は思いのほか力強い。そして、今後どうするつもりなのかを熱のこ
もった口調で語りはじめた。

四菱建設で働いていく以上、マンションや商業施設の建設にかかわっていくことになる。そうなると土地を買収する仕事も避けられない。今後は無理やり立ち退かせるのではなく、地主の方ときちんと話し合い、交渉をして譲ってもらうつもりだという。

「部下の教育もしっかりやるわ。きちんと報告をさせて、チェックを担当する部署を新たに作る。もちろん、わたしも常に目を光らせておく。土地の買収には細心の注意を払うつもりよ」

晃司が電話をかけてくる前から考えていたのではないか。これほど流暢《りゅうちょう》にしゃべるのだから、ずっと仕事のことが頭にあったのだろう。

「辞めるのは簡単だけど、その前にやることがある。会社を変えるのは簡単なことではないけど、これまでの間違っていた仕事を改善して、それを社内基準にしていくのがわたしの使命だと思うの」

奈緒の瞳から強い決意が伝わってくる。そこまで言われたら、拓真も反対はできなかった。

「わかった……奈緒さんは正しい仕事をしてくれよ。未来を作ってくれるんだろ」

「拓真……ありがとう」

反対されると思っていたのかもしれない。拓真が声をかけると、奈緒は驚いた様子で目を見開いてから礼を言った。

「気を悪くしないでね」

そう前置きすると、奈緒はためらいながらも語りはじめた。

「ラーメン屋さんではじめて会ったとき、なんとなく似てると思ったの……拓真と平岡くん」

「そうかな……」

つい不満げな声を漏らしてしまう。奈緒の話を聞いている限り、どこが似ているのかわからない。先ほどの電話から漏れてくる声を思い返しても、まったくピンと来なかった。

「顔とか性格は全然違うのよ。上手く言えないけど、孤独そうなところとか、怒りっぽいところとか……」

奈緒は拓真の反応を見ながら気を使ってつぶやいた。

確かに単独行動は多いし、自分でも短気だと思う。晃司も似たような性格なのだろうか。いずれにせよ、拓真に晃司の姿を重ねたということは、奈緒は北海道に来た初日から仕事が気がかりだったのだろう。

「奈緒さんは仕事に生きる女なんだな」

「そんなことないわ。わたしだって昔は――」

奈緒が反論しようとするが、拓真はすかさず遮った。今はのんびり話しをしている場合ではない。

「明日、出社するなら、今日中に東京に帰らないと」

奈緒のキャリーケースは拓真のアパートに置いてある。大至急、札幌に戻って荷造りをしなければならない。それから千歳空港に移動して飛行機だ。羽田行きの最終便は何時発だろう。

「とにかく急いだほうがいい」

拓真が慌てて身を起こそうとすると、奈緒がすっと身を寄せてきた。

「待って……」

毛布のなかで、裸体をぴったり密着させてくる。昨夜はふたりとも裸のまま眠ったのだ。彼女の滑らかな肌を全身で感じて、拓真の心臓はバクンッと音を立てた。

だが、ゆっくりしている時間はない。札幌まで百二十から百三十キロといった

ところだろうか。距離はそれほどでもないが、事故で渋滞でもしていたら何時間
かかるかわからない。そのあと千歳空港まで行くことを考えると、一刻も早く出
発するべきだ。
「じ、時間が――んんっ」
急かそうとする拓真の口は、奈緒の唇でふさがれてしまう。ぴったり張りつい
たと思ったら、舌までヌルリと入りこんできた。
いきなりのディープキスだ。
甘い唾液を注ぎこまれて条件反射で嚥下する。頭の芯がジーンと痺れたように
なり、ついつい舌を伸ばしてしまう。すぐに奈緒の舌でからめとられて、強くや
さしく吸いあげられた。
「うむっ」
「あンンっ、拓真……」
ようやく奈緒の唇が離れるが、拓真は無意識のうちに追いかけてしまう。そん
な自分の行動にはっとして顔が熱くなった。
「もっと、キスしたいのね」
奈緒が微笑を浮かべながら見つめてくる。息がかかるほどの至近距離で言われ

て胸の鼓動が速くなった。

「べ、別に――んんんっ」

またしても唇をふさがれる。押し返すこともせず、拓真はすぐに自分から舌を伸ばしていた。

「拓真……はあンっ」

「奈緒さん……うむぅっ」

互いの舌を吸い合っては、唾液を何度も交換する。キスをしているうちに身体が火照り、毛布を剝ぎ取って抱き合った。

「ああンっ」

奈緒は片脚を拓真の腰に乗せあげてくる。女体をぴったり密着させて、肌を擦りつけてきた。

（ああ、そんなにされたら……）

腹の底で欲望が芽生えて急速に成長する。頭のなかまで熱くなり、どうしようもなく昂ってきた。

「ダ、ダメだって……」

理性の力を振り絞り、なんとか唇を離すことに成功する。そして、奈緒の瞳をのぞきこんだ。

「飛行機、間に合わなくなるよ」

本当はもっと抱き合っていたい。

だが、奈緒を待っている人たちがいる。彼女も強い意志を持って仕事に復帰すると決めたのだ。

それなら応援するしかない。別れは淋しいけれど、自分たちはつき合っていたわけではないし、最初からわかっていたことだ。特別な想いがあるからこそ、彼女の邪魔をしたくなかった。

「拓真は本当にこれで別れてしまってもいいの」

「だって、飛行機が――」

「そういう問題じゃないわ。拓真の気持ちが知りたいの」

視線が重なり動揺する。これまで以上に奈緒が魅力的に見えて、胸の鼓動が収まらなくなった。

「俺の……気持ち……」

「わたしは拓真といっしょにいたい」

ストレートな言葉が胸にすっと流れこんでくる。奈緒がこれほど素直になるとは驚きだった。

「そ、そりゃあ、俺だって……」

「俺だって……なに」

「奈緒さんと……奈緒さんといっしょにいたいよ」

口にしたとたん恥ずかしくなる。またしても顔が熱くなり、鏡を見なくても赤面しているのがわかった。

「うれしい……」

奈緒がぽつりとつぶやき目を細める。そして、拓真の唇にチュッと軽くキスをした。

「旭川《あさひかわ》空港なら、ここから近いわよね」

以前、ラベンダーを見たくて調べたことがあったという。確かに旭川空港ならそれほど離れていないが、どうするつもりなのだろうか。

「このまま帰るから、旭川空港まで乗せてもらえるかしら」

予想外の言葉が返ってきて困惑する。しかし、アパートにはキャリーケースが残っていた。

「荷物はどうするんだよ」

「都合のいいときに宅配便で送ってほしいの。遅くなっても構わないわ」

奈緒は自分勝手なことを言って口もとに微笑を浮かべる。そして、股間をぴったり押しつけてきた。

「ほら、拓真だってこんなになってる」

ペニスが屹立していることに気づいていたのだろう。下腹部で反り返った肉棒を圧迫されて、甘い刺激がひろがった。

「うっ……」

「旭川空港なら、慌てて出発することもないでしょ」

奈緒はそう言いながら、早くも呼吸を荒らげている。下腹部で熱いペニスを感じて興奮しているようだった。

「ねえ、最後にもう一回……」

「わかったよ……じゃあ、チェックアウトまでゆっくりできるな」

今度は拓真からキスをしかけた。

女体を仰向けに転がすと、唇を奪って舌を差し入れる。甘い口腔粘膜を舐めまわして、彼女の舌を思いきり吸いあげた。

「あふンンっ」

奈緒が艶めかしく女体をくねらせる。乳房を揉みあげて乳首を摘まむと、くびれた腰が小刻みに震え出した。

「ああンっ、ね、ねえ……」

もう、キスだけでは我慢できないらしい。内腿をもじもじ擦り合わせて、ねだるような瞳で見あげてくる。そして、右手を拓真の下半身に伸ばすと、太幹に指をまわしこんできた。

「ううっ……」

「こんなに硬くなって……ああっ、たくましい」

喘ぐようにつぶやき、ペニスをゆったりしごきあげる。そうしながら胸板を押し返して、拓真を仰向けに押し倒した。

「拓真……」

奈緒が顔を見おろしてくる。

せつなげに潤んだ瞳が愛《いと》おしい。抱きしめたい衝動にかられるが、彼女は身体をすっと離してしまう。なにをするのかと思えば、逆向きになって拓真の顔をまたいできた。

2

「おおっ……」

拓真は思わず両目を見開いた。

文字どおり目と鼻の先に、奈緒の股間が迫っている。逆向きなって互いの股間に顔を寄せるシックスナインの体勢だ。こういう愛撫があることは知っているが、まだ一度も経験はなかった。

(まさか、奈緒さんからこんなこと……)

もう、彼女の股間から目を離せない。

すでに女陰はたっぷりの愛蜜で潤っている。サーモンピンクの花びらはまるで誘うように蠢き、狭間から透明な汁が滾々と溢れていた。

(こんなに濡らして……それにこの匂い……)

チーズに似た牝の香りが濃厚に漂っている。牡の欲望が掻き立てられて、拓真は思わず深呼吸をくり返した。

両手を尻たぶにまわすと、吸いつくような肌触りと柔らかい肉の感触を味わいながら揉みこんだ。すると、奈緒も太幹に指をまわしこみ、亀頭に舌を這わせてきた。

「こんなにパンパンにして……はああンっ」

「くぉおッ」

思わず快楽の呻き声が漏れてしまう。

口に含むことなく、まるでソフトクリームのように舐めまわしてくる。亀頭は瞬く間に唾液まみれになり、尿道口から我慢汁が溢れ出る。それでも彼女は気にする様子もなく、亀頭をぱっくり咥えこんだ。

「はむンンっ」

「ううッ……お、俺も……」

拓真は首を持ちあげると、お返しとばかりに舌を伸ばして女陰をネロリと舐めあげた。すると、恥裂の狭間からは新たな愛蜜がどっと溢れ出た。

「はむううッ」

奈緒は亀頭を咥えたまま女体を小刻みに震わせる。そして、太幹に密着させた唇を滑らせて、ペニスを根元まで呑みこんでいく。

「うううッ、す、すごい……」

それならばと、拓真は舌を女陰の狭間にねじこみ、内側の敏感な粘膜を舐めまわした。

「ひあああッ」

舌先がクリトリスに軽く触れた瞬間、女体がブルルッと反応する。奈緒はペニスを吐き出すと、絶叫にも似た喘ぎ声をほとばしらせた。

かなり感度がアップしている。彼女の興奮が伝わってくるから、拓真の気分も際限なく盛りあがる。ペニスがさらに反り返ると、奈緒は再び口に含んで首を振りはじめた。

「ンッ……ンっ……」

「くおおッ」

拓真も陰唇を一枚ずつ口に含み、クチュクチュとねぶりまわす。溢れてくる華蜜で喉を潤しながら、執拗に女陰をしゃぶりつづけた。

互いの股間を舐め合うことで、どんどん気持ちが昂っていく。シックスナインがもたらす快感は凄まじい。奈緒は愛蜜を大量に垂れ流し、拓真は我慢汁を漏らしつづけていた。

相手の興奮が伝わることで、加速度的に感度が上昇する。もう、ふたりの股間は自分の体液と相手の唾液でドロドロになっていた。

「あああッ、も、もう……」

「くうッ、お、俺も、うううッ」

相互愛撫で身も心も蕩けていく。奈緒が切羽つまった喘ぎ声をあげれば、拓真もこらえきれない呻き声を振りまいた。

鮮烈な快感が全身にひろがり、射精欲がふくれあがっている。もう、暴発するのは時間の問題だ。だが、自分ひとりだけ達するわけにはいかない。拓真は舌をとがらせると、膣口にヌプリと埋めこんだ。

「はあああッ、い、いいっ……はむううッ」

奈緒は喘ぎ声を振りまき、再びペニスに唇をかぶせてくる。そして、太幹を締めつけると、猛烈に首を振りはじめた。

「ンふッ……あふッ……むふンッ」

唾液と我慢汁がミックスされて、最高の潤滑油となっている。ヌルヌル滑る感触がたまらず、無意識のうちに腰を持ちあげてしまう。

「おおッ……おおおッ」

フェラチオの快楽に酔いながら、拓真も膣粘膜をねぶりまわす。ねじこんだ舌をピストンさせて、熱く蕩けた女壺を掻きまぜた。

「はむううッ、い、いいっ、あううううッ」

奈緒がペニスを咥えたまま喘いでいる。拓真の顔にまたがったまま腰を揺らして、全身をガクガクと痙攣させた。

「あああッ、イ、イクッ、はむうううううッ！」

絶頂を告げながらペニスを根元まで咥えこんでくる。猛烈に吸引されて、拓真もたまらず呻き声を振りまいた。

「おおおッ、で、出るっ、くおおおおおおおおッ！」

彼女の口のなかでペニスが跳ねまわる。ザーメンが尿道を駆け抜けて、まるで間歇泉《かんけつせん》のように二度、三度と噴きあがった。

「ンンッ……ンンッ……」

奈緒は太幹に唇を密着させたまま、注ぎこまれるザーメンを次から次へと飲みくだしていく。射精の快楽と飲精してもらう悦びが重なり、拓真は夢見心地で愛蜜をすすっていた。

（ああっ、なんて気持ちいいんだ……）

柔らかい尻を抱えこんで呻きつづける。はじめてのシックスナインは、全身が溶け出したかと思うほどの悦楽だった。

3

奈緒は拓真の上でぐったりしている。逆向きに折り重なったまま、完全に脱力していた。

火照った女体がぴったり密着しているのが心地いい。奈緒の柔らかくて汗ばんだ肌はしっとりしている。絶頂の直後で呼吸が乱れているため、彼女の息遣いが胸板や腹部に伝わってきた。

そして、なにより目の前にひろがっている光景に視線を奪われる。剝き出しの女陰が物欲しげに蠢き、割れ目から透明な汁が溢れていた。

（奈緒さんが、こんなに……）

女体の反応を目の当たりにして、拓真の欲望も再び盛りあがった。

勃起したままのペニスが、さらに硬く反り返るのを自覚する。脱力している奈緒を隣に転がすと、膝の間に入りこんで覆いかぶさった。

「あンっ、拓真……」

奈緒が濡れた瞳で見あげてきた。

目の下が赤く染まり、唇は半開きになっている。まだアクメの海を漂っているのか、クールな美貌はすっかり蕩けきっていた。

肉棒の切っ先を女陰に押しつけると、ゆっくり体重を浴びせかけていく。亀頭が二枚の陰唇を巻きこみながら、女壺にヌルリッとはまりこんだ。

「はンンッ」

奈緒の眉が八の字に歪む。両手を伸ばして拓真の腰に添えると、愛おしげに撫でまわしてきた。

「あぁっ、やっぱり大きい……」

喘ぎまじりにつぶやき、瞳がますます潤んでいく。まだ亀頭しか入っていないが、膣口が収縮してカリ首をしっかり食いしめていた。

「ううッ……すごい」

拓真が声をかけると、彼女は恥ずかしげに視線をそらす。だが、腰に添えていた手を尻にまわしこんで、自らググッと引き寄せる。

「ちょ、ちょっと……おううッ」

彼女の指が尻たぶに食いこみ、ペニスがさらに埋没していく。亀頭が膣壁を擦りあげて、膣道の深い場所へと進んでいた。

「ああァッ、こ、これよ」

奈緒の顎が跳ねあがった。ついにペニスが根元まではまりこんだのだ。亀頭が最深部に到達して、彼女は喘ぎ声を振りまきながら、拓真の尻たぶに両手の爪を立ててきた。

「くうッ……」

思わず全身に力が入る。だが、痛みを感じたのは一瞬だけだ。ペニスにひろがる快感とまざり合うことで、爪が食いこむ刺激も甘い痺れに変化した。

「もっと……ああッ、もっとちょうだい」

奈緒が譫言《うわごと》のようにつぶやき、拓真の尻をさらに強く引き寄せる。そうすることで、亀頭が子宮口をグリグリと圧迫した。

「あうッ、こ、これっ、あううッ」

はしたなく股間を突きあげて、拓真のペニスを奥まで迎え入れている。あの奈緒がここまで欲望を剝き出しにするとは驚きだった。

「な、奈緒さんが、自分から……くおおッ」

拓真のペニスにも快感がひろがっている。熱く蕩けた膣肉に包まれて、無数の濡れ髮で揉みくちゃにされているのだ。女壷全体が蠕動《ぜんどう》するようにうねり、膣口は万力のように締まっていた。

「うぐッ……す、すごいっ」

凄まじい刺激だが、まだ射精するつもりはない。おそらく、これが最後のセックスになる。次に射精をしたら、さすがに萎えてしまうだろう。だから、できるだけ時間をかけて、一秒でも長くつながっていたかった。

「今度は俺が……」

拓真は奈緒の足首をつかんで高く持ちあげていく。やがて尻がシーツから離れて、膝が彼女の顔につくほど女体を折り曲げる。股間が真上を向く「まんぐり返し」と呼ばれる体勢だ。

拓真は中腰になり、真上からペニスを突きおろす状態になっている。ふたりとも苦しい格好だが、ペニスは深く埋まっていた。

「こ、こんな格好……恥ずかしい」

「動くよ……ふんんッ」

女体をふたつ折りにするように押さえつけて、子宮口を貫くつもりでペニスをねじこんだ。

「ひあああッ」

奈緒の唇から裏返った喘ぎ声がほとばしる。亀頭が膣道の行きどまりを圧迫して、彼女の宙に浮いた脚がビクッと跳ねた。

「お、奥に当たって……あううッ」

奈緒は両手でシーツを握りしめると、火照った顔を左右に振りたくった。

苦しげな声を漏らすが、瞳はねっとり潤んでいる。苦痛だけではなく、同時に快感を得ているのは間違いない。膣の締まりも強くなり、ペニスが思いきり絞りあげられた。

「くおおおッ、こ、これは……」

拓真はたまらず唸り、慌てて奥歯を食い縛った。

これほど刺激が強いと、気を抜いた瞬間に決壊してしまいそうだ。拓真は尻の筋肉に力をこめて、腰をゆったり回転させた。

「はううッ、そ、それ、すごいっ」

亀頭で子宮口をグリグリえぐりまわすと、奈緒は耳までまっ赤に染めて喘ぎまくる。まんぐり返しに押さえつけた女体が小刻みに震えはじめた。

ペニスをじりじり引き出すと、亀頭が抜け落ちる寸前でいったん停止する。そして、一拍置いてから勢いよく根元まで突きこんだ。

「はあああッ」

奈緒は顎を跳ねあげると同時に、あられもない嬌声を振りまいた。

肉柱をたたきこまれたことで、女体が激しく痙攣する。亀頭が子宮口に到達して、膣道が思いきり収縮した。

「おおッ、すごく締まってるよ」

いよいよ本格的なピストンを開始する。真上から掘削機のようにペニスを打ちおろし、カリで膣壁を擦りながら子宮口をえぐりまわす。連続して打ちつけることで、奈緒は首を左右に振りたくって喘ぎ出した。

「あァッ、ああッ、ダ、ダメッ、は、激し——あああッ」

熟れた女体は敏感で、ひと突きごとに確実に絶頂の階段を昇っていく。彼女が感じているのが手に取るようにわかるから、拓真は自信を持ってピストンを加速させた。

「おおッ……おおおッ」

膣襞がからみついて、太幹をしゃぶるように刺激してくる。快感が大きすぎてカウパー汁がとまらないが、必死に耐えながら腰を打ちおろす。ペニスを奥の奥までたたきこみ、意識的に子宮口をえぐりまくった。

「あひッ、あひいッ、お、奥ばっかり、ひあああッ、もうダメぇッ」

奈緒のよがり泣きが響き渡る。まんぐり返しで身動きできないが、ピストンに合わせて大きな乳房が波打つ様が艶っぽい。奈緒は完全に受け身の状態で、大量の愛蜜を溢れさせていた。

「ああぁッ、も、もうっ、もうイキそうっ」

「いいよ、イッていいよっ、おおおおおッ」

拓真はいっそう力強くペニスを腰を打ちおろす。内臓まで突き破る勢いでペニスを挿入すれば、膣がかつてないほど激しく痙攣した。

「ひいッ、ひあああッ、い、いいっ、イクッ、イクイクうううッ！」

あられもない嬌声がホテルの壁を震わせる。奈緒は宙に浮いている両脚をつま先までピーンッと突っ張らせて、両手でシーツを掻きむしった。

シックスナインで達した直後なのに、彼女はまたしてもオルガスムスの嵐に呑みこまれている。抑えこまれた女体を震わせて、下腹部を激しく波打たせながら押し寄せる愉悦に溺れていった。

「ぬうううッ……」

膣が猛烈に締まり、瞬間的に射精欲がこみあげる。しかし、拓真は奥歯が砕けそうなほど食い縛ると、ギリギリのところで耐え忍んだ。

（ま、まだだ……まだイクわけにはいかないんだ）

自分でも信じられないほど驚異的な精神力だった。

ここで射精したら、奈緒との時間が終わってしまう。これが最後の性交だ。できるだけ長く、この一体感を味わっていたい。奈緒と愛し合った記憶を、しっかり全身に刻みつけておきたかった。

4

拓真はペニスを深く挿入したまま、奈緒の足をそっとおろした。

まんぐり返しから正常位に戻り、あらためてゆったり腰を振りはじめる。絶頂直後の蜜壺は、熔鉱炉《ようこうろ》のように熱くなっていた。そこをペニスで掻きまわすことで、いったん落ち着いていた快感が再びふくれあがった。

「ううッ……き、気持ちいい」

「ああッ、ま、待って……少し休ませて」

奈緒が慌てた様子で懇願してくる。そして、拓真の腰を押し返してきた。

「俺、もう我慢できないんだ」

「でも、イッたばっかりだから……」

潤んだ瞳でつぶやくが、その表情がたまらなく色っぽい。拓真はよけいに我慢できなくなり、ペニスを強く押しこんだ。

「はううッ、ま、待って、あああッ」

一撃で女体が大きく仰け反った。

膣が猛烈に締まり、太幹を思いきり締めつけてくる。女壺全体が蠕動して、男根を奥へ奥へと引きこんだ。

「くううッ、す、吸いこまれる」

拓真は額に汗を浮かべながら、ペニスをじりじり後退させる。鋭く張り出したカリが膣壁に引っかかり、ゴリゴリ擦りあげるのがわかった。

「あうッ、こ、擦れてる……あううッ、擦れてるの」

潤んだ瞳で訴えるが、いつしか奈緒の手は拓真の腰を抱えこんでいる。さっきまで押し返していたのに、今はさらなる挿入を欲して自ら引き寄せていた。

「そういうことなら……ふんんッ」

勢いをつけてペニスを根元まで挿入する。亀頭が最深部にはまりこみ、膣襞がいっせいにからみついてきた。

「あああッ、す、すごいっ、はあああッ」

「気持ちいいんだね」

奥までつながった状態で尋ねると、彼女は濡れた瞳で見あげてくる。そして、頬を染めながらうなずき、たまらないとばかりに腰を右に左によじらせた。

「わたし、ま、また……あああッ、拓真っ」

「奈緒さん……」

拓真は上半身を伏せると、女体をしっかり抱きしめる。肌と肌を密着させて体温を感じることで、さらに一体感が高まった。

奈緒も拓真の首にしがみついてくる。頬を寄せ合う形になり、彼女の息が耳に吹きかかった。このまま身も心も融合して、ひとつに溶け合っていくような錯覚に囚われた。

「拓真のが、奥まで来てるの……ああンっ」

「ううッ、奈緒さんもすごく締まってるよ」

気合いを入れ直すと、いよいよピストンを開始する。体をぴったり密着させた状態で、まずはスローペースの抜き差しだ。腰をゆったり動かし、男根をねちっこく出し入れする。

「あッ……あッ……」

すぐに奈緒の唇から切れぎれの喘ぎ声が溢れ出る。両脚もしっかり腰に巻きつけて、全身で拓真にしがみついてきた。

「ああンっ、拓真、すごいわ」

「お、俺も……くうッ、き、気持ちいい」

一瞬でも気を抜くと、媚肉がもたらす快楽に呑みこまれそうだ。拓真は少しでも長引かせるため、尻の筋肉に力をこめて射精欲を抑えこむ。そうしながら男根を力強く送りこんだ。

「あッ……ああッ……いいっ、いいわっ」

奈緒が耳もとで喘いでくれるから、拓真のテンションもますますあがる。自然と腰の動きが速くなり、愛蜜の弾ける音が響き渡った。

「おおッ……おおおッ」

熱い媚肉の感触が心地いい。このペースで抽送すると、あっという間に限界が来てしまう。しかし、もう腰の動きを抑えられない。体はさらなる快楽を欲して動きつづけた。

「ああッ、ああッ、は、激し……あああッ」

奈緒の喘ぎ声も高まっている。三度目の絶頂が近づいているのは明らかだ。膣の締まりも強烈で、拓真は懸命に耐えながら腰を振った。

(ダ、ダメだ……このままだと……)

最後の瞬間がすぐそこまで迫っている。でも、まだ終わらせたくない。できることなら、永遠につながったままでいたかった。

「ま、まだ……くおおッ」

拓真は奈緒をしっかり抱きしめて引き起こしにかかる。そして、自分は胡座をかいて、膝の上に女体を乗せあげた。対面座位と呼ばれる体位だ。このほうが動きが小さくなるため、長持ちするのではないかと考えた。

「お、奥まで来る……はンンッ」

自分の体重が股間に集中することで、ペニスが膣の奥まで刺さるのだろう。奈緒は喘ぎ声を漏らして、拓真の体にしがみついてくる。そして、首筋に吸いついたと思ったら、前歯を立てて甘噛みしてきた。

「くうッ、な、奈緒さんっ」

なぜか嚙まれる刺激が快感に変化する。奈緒から与えられるものは、すべて快感になるのかもしれない。たまらず膝を揺すり、女体を上下させることでペニスを抜き差しした。

「あぁッ、あぁッ……い、いいっ、いいっ」

奈緒が甘えるような声を漏らして、自ら腰を振りはじめる。ペニスが入ってくるタイミングで、股間をクイッ、クイッとしゃくりあげてきた。

「おおおッ、そ、それ、すごいよ」

拓真は両手で奈緒の尻を抱えこみ、柔肉に指を食いこませる。膝と同時に手も使い、女体を上下に揺さぶった。

「はああッ、奥まで……あああッ」

「奈緒さんっ、くううッ」

ふたりの声が交錯する。奈緒が蕩けきった声で喘げば、拓真も野太い呻き声を響かせた。

むっちりした尻たぶを両手で抱えて、膝の動きに連動させて上下に揺する。屹立した肉柱が出入りをくり返し、亀頭が膣の奥にえぐりこむ。カリが膣壁を擦りあげては愛蜜を掻き出した。

「おおッ、擦れるっ」

「ああぁッ、いいっ、すごくいいっ」

奈緒は拓真の首にしがみつき、夢中になって股間をしゃくっている。ペニスを絞りあげて、カリが当たるように膣壁を擦りつけてきた。

「はあああッ、拓真の、やっぱりいいわっ」

「奈緒さんのなか、ウネウネして……くおおおッ」

抱き合っての対面座位で腰を振り合い、いよいよ射精欲がふくらんでいく。先走り液がとまらなくなり、睾丸のなかでザーメンが暴れはじめた。

真下からペニスを突きあげる。女体を激しく上下に揺すり、亀頭を奥の奥までめりこませた。奈緒も股間をしゃくっては腰を艶めかしくよじらせる。もう恥も外聞もなく、貪欲に快楽を追い求めていた。

「あッ、あッ、も、もう、あああッ」

「ぬうッ、お、俺も、ぬおおおッ」

奈緒と拓真の動きが一致することで、激烈な愉悦の大波が押し寄せてくる。ふたりはきつく抱き合い、何度も口づけを交わしながら腰を振りたくった。

カーテンごしに朝の光が差しこむなか、昇りつめることしか考えていない。ひたすら腰を振り、ペニスを膣の奥にたたきこむ。彼女も女体を揺すり、膣道で太幹を食いしめた。

「あああッ、そんなに奥までっ」

「も、もうダメだっ、くうううッ」

達しったら終わってしまう。奈緒とすごした夢の時間が、とうとう終わってしまうのだ。

胸にこみあげるものを嚙みしめながら腰を振る。感傷的になるが、それでも快感はふくらんでいく。もう、これ以上は耐えられない。せめて最後はいっしょに昇りつめたくて、勢いよくペニスを突きこんだ。

「奈緒さん、ううううッ、奈緒さんっ」

「た、拓真っ、も、もうっ、もう来てっ、あああッ」

奈緒の喘ぎ声が引き金となり、牡の欲望が燃えあがる。膣でギリギリ締めつけられて、懸命にこらえてきた射精欲がついに爆発した。

「くううッ、で、出るっ、おおおおおッ、ぬおおおおおおおッ！」

獣のような雄叫びとともに、膣の奥でペニスを脈動させる。精液が凄まじい速度で噴き出して、内臓まで貫く勢いで子宮口を直撃した。

「ひあッ、イ、イキそうっ、あああああッ」

奈緒はよがり泣きを振りまき、拓真の背中に爪を立ててくる。さらには首筋を甘噛みしながら、女体を激しく痙攣させた。

「あああッ、イクッ、イクイクッ、はあああッ、イックうううッ!」

熱いザーメンを注ぎこまれて、奈緒もほぼ同時に昇りつめる。対面座位で拓真の体にしがみつき、腰をくねらせながら達していった。

アクメの嵐に巻きこまれて、一瞬のうちに天高く飛ばされた。

頭のなかがまっ白になり、なにも考えられなくなる。とにかく、女体を強く抱きしめると、欲望のままザーメンを注ぎこんだ。

(これで、もう……)

快楽に酔いしれながら頭の片隅で考える。

もうすぐお別れしなければならない。いつかはこういう日が来るとわかっていた。でも、まさかタンデムツーリング中とは意外だった。札幌まではいっしょに帰れると思っていた。

「拓真……好き」

奈緒が消え入りそうな声で囁き、口づけをしてくれる。拓真も心のなかでつぶやきながら、汗ばんだ女体を抱きしめた。

——俺も……好きだ。

恥ずかしくて声には出せない。

だから、舌をからめて強く吸いあげた。奈緒も拓真の唾液をすすりあげてくれる。こうして性器を深くつなげたまま口づけを交わすと、なおさら胸がせつなく締めつけられた。

5

午前十時にチェックアウトすると、バイクで旭川空港に向かった。

これが最後のタンデムになると思うと感慨深い。奈緒はいっさい口を開くことなく、拓真の背中にしがみついていた。拓真も声をかけることなく、国道237号線をゆっくり走った。

できるだけ時間をかけたが、一時間もかからず旭川空港に到着した。

駐車場にバイクを停めてエンジンを切る。ふたりともバイクから降りると、静かにヘルメットを取った。

「ここでいいわ」

奈緒は微笑を浮かべてつぶやいた。

「保安検査場で手を振られたりしたら、名残惜しくなって帰りたくなくなっちゃうから」

冗談めかしているが、もしかしたら本心かもしれない。だが、拓真は気づかない振りをして笑い返した。

「俺のところなら、いつでも泊まらせてやるよ」

「でも、拓真のところ、カップラーメンしかないのよね」

「おいっ」

にらみつけるが長くはつづかない。ふたりは見つめ合うと、一秒後にはプッと吹き出した。こんな何気ないやり取りが楽しかった。楽しいからこそ別れが淋しくなってしまう。

「本当にその格好でいいのかよ」

拓真はふと我に返り、奈緒の全身を見まわした。

排気ガスで汚れたタイトなジーパンにエンジニアブーツ、それに黒革製のライダースジャケットを羽織っている。どこからどう見てもライダーだ。初日に着ていたダークグレーのスーツとは対極的な服装だった。

「おかしいかな」

「いや、最高にカッコいいよ。でも、奈緒さんはいいのかなと思ってさ」

「わたしだって、たまには羽を伸ばしたいわ。スーツばっかりだと、肩が凝っちゃうもの」

奈緒はそう言って腰に手を当てる。スーツもよかったが、ライダースジャケットも似合っていた。

「ホント、変わってるよな。そもそも、どうしてバイクに乗りたかったのさ」

出会った日のことを思い返す。奈緒は拓真のスポーツスターを見た瞬間から乗りたがった。

「昔……学生のころ、好きだった人がバイクに乗ってたの」

奈緒はスポーツスターのシートをそっと撫でながらつぶやいた。

それであの日、たまたま停車してあった拓真のバイクを見かけて、学生時代のことを思い出したのだろう。

「その人の影響で、わたしもバイクの免許を取ったのよ」

「えっ、免許持ってたのかよ」

「普通自動二輪だけどね」

奈緒はいたずらが見つかった子供のように肩をすくめて笑った。

まさかバイクの免許を持っているとは思いもしない。どうりで最初から怖がらずに乗っていたわけだ。

「でも、教習所以外では一度も乗ったことがないの。その好きな人にフラれちゃったから」

奈緒はそう言って、ほんの一瞬淋しげに睫毛を伏せた。

(もしかして……)

そのとき、ピンと来るものがあった。

確か学生時代に知り合いがバイク事故で亡くなったと言っていた。あれは奈緒の好きな人だったのではないか。本当はフラれたのではなく、悲しい別れがあったのではないか。そう考えると、彼女がバイクにこだわっていた本当の理由がわかる気がした。

でも、深く追求するつもりはない。

青春時代の思い出だ。クールなキャリアウーマンの奈緒に、そんな過去があるとは意外だった。

――奈緒さんは仕事に生きる女なんだな。

――そんなことないわ。わたしだって昔は――。

ふと、昨夜の会話が耳の奥によみがえる。

彼女にも若いころの思い出がある。たくさん恋愛したのかもしれない。きっと失敗したこともあるだろう。そういう過去を乗り越えて、今の奈緒が作られたに違いなかった。

（麻里のやつ、どうしてるかな……）

別れた恋人の顔が脳裏に浮かんだ。

奈緒といっしょにいる間は、自分の気持ちをごまかすことができたが、まだ心の奥には麻里がいた。来月は彼女の誕生日だ。いっしょに祝ってくれる男はいるのだろうか。

「誰のこと考えてるの」

突然、奈緒が尋ねてきた。まるで内心を見透かしたような質問だった。

「べ、別に……」

「彼女のことでしょ。そういう目をしていたわ」

図星を指されて、なにも言えなくなってしまう。すると、奈緒は楽しげに目を細めた。

「意地を張ってないでメールでもしてみたら。もしかしたら、彼女も待ってるかもしれないわよ。仲直りのきっかけを作るのは男の役目じゃないかしら」

奈緒に言われると、そんな気がしてくるから不思議だった。拓真はなぜか素直な気持ちになってうなずいた。

「そろそろ、行くわね」

奈緒がすっと手をあげる。

「もう、行っちゃうのかよ」

思わずつぶやくと、彼女は瞳を潤ませながら微笑を浮かべた。

「いつかまた」

「うん、また……」

拓真も軽く手をあげるが「また」はないとわかっていた。引きとめたい気持ちをこらえて、あえて笑顔で手を振った。

「拓真、ありがとう」

奈緒の背中が遠ざかり、ターミナルビルに消えていく。彼女の姿が見えなくなった瞬間、胸がせつなく締めつけられた。

しばらくぼんやりしていたが、気を取り直してバイクにまたがった。

ふと思い出してスマホを手に取ると、麻里にメールを送信した。当たり障りのない内容だったが、ずっと音信不通だった彼女からすぐ返信があった。どうやら、奈緒の予想していたとおりらしい。

「ありがとう……」

飛び立っていく飛行機に向かって大きく手を振った。

バイクのエンジンをかけると、心地よい排気音と振動が湧き起こる。さっそく札幌に向けて出発した。いつもよりも多めにアクセルを開けると、空冷Vツインエンジンの重低音が北の空に響き渡った。

※この作品は、ジーウォーク紅文庫のために書き下ろされました。

紅文庫

彼女がバイクをまたいだら

葉《は》月《づき》奏《そう》太《た》

2020年1月25日　第1刷発行

企画／松村由貴（大航海）
DTP／内田美由紀

編集人／田村耕士
発行人／日下部一成
発行所／ロングランドジェイ有限会社
発売元／株式会社ジーウォーク
〒153-0051 東京都目黒区上目黒1-16-8 Yファームビル6F
電話 03-6452-3118
FAX 03-6452-3110

印刷製本／中央精版印刷株式会社

ISBN978-4-86297-971-1

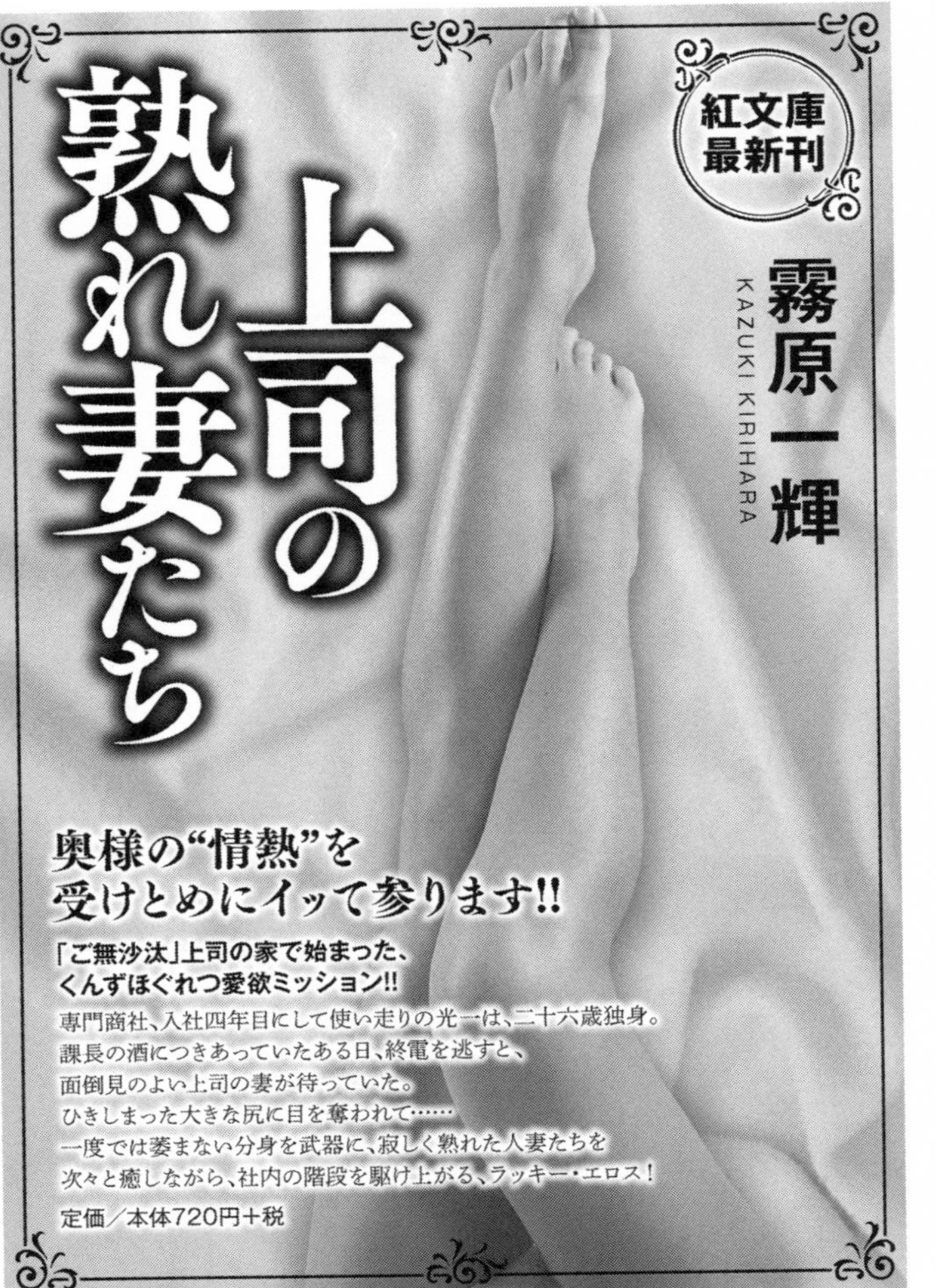
紅文庫
最新刊
上司の
熟れ妻たち
霧原一輝
KAZUKI KIRIHARA
奥様の“情熱”を
受けとめにイッて参ります!!
「ご無沙汰」上司の家で始まった、
くんずほぐれつ愛欲ミッション!!
専門商社、入社四年目にして使い走りの光一は、二十六歳独身。
課長の酒につきあっていたある日、終電を逃すと、
面倒見のよい上司の妻が待っていた。
ひきしまった大きな尻に目を奪われて……
一度では萎まない分身を武器に、寂しく熟れた人妻たちを
次々と癒しながら、社内の階段を駆け上がる、ラッキー・エロス！
定価／本体720円＋税